크리스마스 캐럴

크리스마스 캐럴

초판 인쇄 2021년 1월 11일
초판 발행 2021년 1월 15일

지은이　찰스 디킨스
펴낸이　진수진
펴낸곳　혜민북스

주소　경기도 고양시 일산서구 대산로 53
출판등록　2013년 5월 30일 제2013-000078호
전화　031-911-3416
팩스　031-911-3417
전자우편　meko7@paran.com

크리스마스 캐럴
CHRISTMAS CAROL

찰스 디킨스 지음

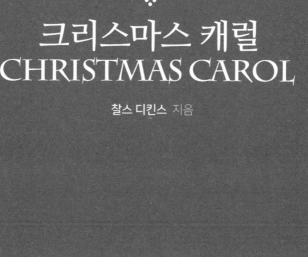

❄ ❄ ❄ ❄

들어가는 글

나는 이 소설에 유령 이야기를 담았다.

작품을 읽을 독자들과 그 친구들, 그리고 무엇보다 나 스스로

크리스마스 분위기를 만끽하면서 불쾌하게 느끼지 않을

유령을 그려내고 싶었다.

나는 바란다. 나의 유령이 당신의 집에 유쾌하게 드나들기를.

그 유령을 쫓아내려는 사람이 없기를.

– 1843년 12월, 독자 여러분의 충직한 하인이자 벗 찰스 디킨스

Contents

제1장
말리의 유령

　말리가 세상을 떠났다. 이 사실에 의심을 제기할 사람
은 아무도 없다. 목사를 비롯해 관청 서기와 장의사, 유족 대
표가 말리의 매장을 증명하는 서류에 서명했다. 스크루지도
그 일에 동참했다. 스크루지에 대해 잠시 언급하자면, 그는
어떤 상품을 사고팔든 런던의 거래소에서 누구나 알아주는
유명한 이름이었다. 다시 한 번 말하지만, 말리는 죽었다. 늙
수그레한 말리는 대갈못(대가리가 둥글넓적한 장식 겸용으로 쓰
는 못으로, '광두정'이라고도 함 – 옮긴이 주)처럼 죽어버렸다.

　명심할 것! 내가 여기서 굳이 대갈못을 죽음과 관련지을 생
각은 조금도 없다. 차라리 나는 철물점에서 파는 관에 박는
못을 볼 적마다 죽음을 떠올리고는 한다. 하지만 오래된 비유
에는 조상 대대로 이어져 내려온 지혜가 반짝이지 않는가. 내
주제에 감히 그것을 무시하거나 망가뜨릴 수는 없다. 그러면

온 세상이 뒤죽박죽되어버릴지도 모를 일이다. 나는 거듭 말리가 대갈못처럼 죽어버렸다고 단호하게 말한다. 이제 모두 내가 이렇게 말하는 이유를 알 것이다.

두말 할 나위 없이, 스크루지는 말리가 죽었다는 사실을 일찍이 알고 있었다. 결코 모를 리가 없었다. 스크루지와 말리는 아주 긴 세월 동안 동업자 관계였다. 두 사람은 워낙 가까워 스크루지가 말리의 하나뿐인 유언 집행인이 되었다. 더불어 스크루지가 말리의 유일무이한 상속자였다. 스크루지는 말리의 오직 한 사람뿐인 친구였고, 유일한 조문객이었다. 그렇다고 스크루지가 슬픔에 겨워하며 깊은 좌절감으로 괴로워했던 것은 아니다. 그는 지독히 이문을 챙기는 사업가답게 깜짝 놀랄 만한 적은 비용으로 장례식을 치러냈다. 그럼에도 분명 엄숙한 장례식이었다.

그런데 잠깐. 말리의 장례식에 관해 이야기하다 보니 꼭 짚고 넘어가야 할 점이 있다. 다름 아니라, 말리의 죽음에 대해 의심의 눈길을 보내면 절대로 안 된다는 것이다. 만약 이 말을 명심하지 않는다면 앞으로 내가 들려줄 이야기를 제대로 이해할 수 없다. 상상해보라. 셰익스피어의 연극 [햄릿]을 관람할 때는 우선 햄릿의 아버지가 죽었다는 사실을 받아들여야 하지 않겠는가. 그렇지 않으면 연극이 한창 진행되는데 햄릿의 아버지가 나타나 성벽 주위를 여기저기 어슬렁거려도 이상할 것이 하나 없다. 왜냐하면 그것은 평범한 아버지가 나약한 아들의 심장을 단련시키려고 한밤중에 세인트폴 교회의 공동묘지 같은 곳에서 깜짝 등장하는 것과 다를 바 없기 때문이다.

스크루지는 선뜻 죽은 말리의 흔적을 지우지 않았다. 그는 동업자가 세상을 떠나고 나서도 '스크루지 말리 상회'라는 간판을 출입문에서 떼어내지 않았다. 사람들도 늘 그래왔듯 그곳을 '스크루지 말리 상회'라고 불렀다. 간혹 그곳에 처음 거래하려고 찾아온 사람들이 스크루지를 보고 '말리 씨'라고 하는 경우가 있었다. 그러거나 말거나 그것은 전혀 문제되지 않았다. 스크루지는 자신을 '스크루지 씨'라고 부르든, '말리 씨'라고 부르든 별 다른 설명 없이 응대했다.

그런데 달라지지 않은 것은 간판만이 아니었다. 아아, 스크루지는 예나 지금이나 변함없는 구두쇠였다! 그는 마른 행주도 쥐어짜는 세상에서 둘째가라면 서러워할 구두쇠였다!

스크루지는 한번 손에 쥔 것을 결코 내놓는 법이 없었다. 주위 사람들을 들들 볶고 주머니 밑바닥까지 박박 긁어 잇속을 챙겼다. 자린고비 늙은 사내의 두 눈에는 항상 탐욕의 열기가 이글거렸다. 그는 쉽게 불꽃을 일으키지 않는 낡은 부싯돌처럼 몰인정했다. 그에게서 온기를 얻으려고 사람들이 아무리 몸을 비벼대도 싸늘한 냉기만 맴돌 뿐이었다. 그는 자신의 마음을 꼭꼭 숨겨 도무지 속을 알 수가 없었다. 무슨 일이든 한번 고집을 부리기 시작하면 인정사정 봐주는 법이 없었다. 흔히 사람들이 그 나이쯤에 갖게 되는 관용과 배려를 그에게는 손톱만큼도 기대하기 어려웠다.

그런 내면의 어둠 때문일까. 스크루지의 낯빛은 늘 딱딱하게 굳어 있었다. 안 그래도 매부리코와 깊이 팬 주름 탓에 날카로운 인상이 음울해 보이기까지 했다. 눈동자는 언제나 벌겋게 충혈되었고 입술은 핏기 없이 바싹 말라 있어 왠지 모를 섬뜩함이 느껴졌다. 목소리도 그런 이미지에 딱 들어맞게 가래 끓는 소리가 그렁대 몹시 거북하게 들렸다. 말투도 지나치게 느리거나 너무 빨라 뭔가 모르게 꿍꿍이 속셈이 있는 것 같았다. 걸음걸이 역시 편안해 보이지 않기는 마찬가지였다. 그가 걸어가는 모습을 가만히 지켜보면 마치 나무토막이 움직이는 듯했다. 그는 아무런 감정도 없는 무생물처럼 아는 사람들에게조차 먼저 인사를 건네는 법이 거의 없었다.

스크루지가 나타나면 주변에는 차가운 기운이 가득했다. 더운 여름날에도 살을 에는 겨울바람이 휘몰아쳤다. 언뜻 그의 얼굴에 서리가 내려앉고 고드름이 주렁주렁 매달린 착각마저 들 정도였다. 그가 머무는 곳은 봄이 와도 냉기가 사라지지 않았다. 크리스마스가 되어도 온기라고는 한 줌도 만져지지 않았다.

마치 스크루지는 더위나 추위에 전혀 아랑곳하지 않는 사람처럼 보였다. 그의 인정은 여름에도 차가웠고, 그의 탐욕은 겨울에도 뜨거웠다. 아무리 거세게 부는 바람도 스크루지보다 매정하지 않았으며, 밤낮없이 퍼붓는 폭우도 스크루지보다 지독하지 않았다. 뺨을 할퀴는 눈보라와 주먹만한 우박도 스크루지 앞에서는 꼬리를 감출 수밖에 없었다. 아니, 비와 눈은 메마른 땅에 아낌없이 퍼붓기라도 하지 세상에 둘도 없을 이 구두쇠는 자기 것을 내어주는 법이 절대 없었다.

"스크루지 씨, 그동안 잘 지내셨어요? 맛있는 식사를 대접할 테니 언제든 저희 집에 놀러 오세요."

스크루지가 사람들 사이를 지나갈 때, 이렇게 말하는 사람은 아무도 없었다.

걸인들은 그에게서 단 한 닢의 동전도 기대하지 않았다. 아이들은 장난을 치다가도 그를 만나면 슬금슬금 자리를 피하기 일쑤였다. 이 마을을 처음 방문한 낯선 사람들조차 무슨 까닭인지 그에게는 길을 묻지 않았다.

한번은 스크루지가 길에서 맹인안내견과 맞닥뜨린 적이 있었다. 그런데 맹인안내견이 갑자기 걸음을 멈추는가 싶더니 자기 주인을 한적한 샛길로 이끌었다.

"컹컹! 앞 못 보는 불쌍한 주인님, 우리 고집불통 구두쇠 스크루지 영감을 피해서 가요. 저렇게 탐욕만 그득한 눈을 갖느니 주인님처럼 앞을 보지 못하는 편이 나아요."

만약에 누군가 맹인안내견의 말을 알아듣는다면 이렇게 이야기하는 것이 틀림없어 보였다. 맹인안내견은 스크루지가 지나가고 나서야 샛길을 벗어났다.

하지만 다른 사람들이 어떻게 행동하든지 스크루지는 신경 쓰지 않았다. 그와 같은 일로 마음 아파하기는커녕 꽤나 만족스러워하는 표정을 짓기도 했다.

'세상 살아가는 게 장난인 줄 알아? 괜한 동정심 따위로 돈과 시간을 낭비하고 싶지 않아.'

스크루지는 자신의 뒤통수에 꽂히는 사람들의 시선을 느끼며 이렇게 생각했다.

시간은 여지없이 빠르게 흘렀다. 어느덧 사람들이 설레어하는 크리스마스이브가 또다시 찾아왔다. 그런데 스크루지는 사무실에서 일에 몰두하느라 여념이 없었다. 짙은 안개가 자욱한 창 밖에는 스산한 겨울바람이 휘몰아쳤다. 행인들은 외투 깃에 얼굴을 파묻고 걸음을 재촉했다. 이따금 바람 소리 사이로 호호 입김을 불어대는 사람들의 인기척이 들려왔다. 어떤 사람들은 추위를 견디기 위해 발을 굴렀고, 신음처럼 저절로 "아이고, 추워!" 하는 말을 내뱉기도 했다.

그 때 시계는 겨우 오후 3시를 가리키고 있었다. 그럼에도 저녁나절인 양 주위가 온통 어두컴컴했다. 가만 생각해보니 그 날은 종일 환한 빛을 보지 못했다. 거리의 사무실마다 창문 안에서 촛불이 일렁였다. 그 모습이 꼭 무거운 잿빛 공기 더미에 붓으로 빨간 점을 콕콕 찍어놓은 듯 보였다. 안개는 여기저기 구멍과 틈새를 찾아 기가 막히게 스며들었다. 자그마한 열쇠구멍만 있어도 안개는 냉큼 건물 안으로 밀려들어가 음침한 분위기를 만들어냈다. 좁은 길을 사이에 둔 건너편 건물 안에 금방이라도 유령이 나타날 것 같았다. 자연이 일으키는 변화는 놀라웠다. 회색빛 구름이 낮게 깔리면서 짙은 안개가 거리를 가득 메운 것을 보면, 마치 인간이 상상하기 어려운 어떤 자연의 존재가 엄청난 양의 차를 끓이고 있는 것은 아닐까 하는 생각이 들었다.

스크루지는 사무실 안의 방문을 모두 열어두었다. 자기가 고용한 서기를 감시할 목적이었다. 작은 난로가 놓인 스크루지의 방도 보잘것없지만, 서기가 근무하는 방은 움막처럼 비좁고 썰렁했다. 서기는 그곳에서 펜을 든 언 손을 입김으로 녹이며 문서를 작성하고 있었다. 그 방에는 스크루지 방에 있는 것보다 더 작아 한 줌의 석탄이나 들어갈 만한 난로가 있었는데, 그마저 석탄을 마음껏 집어넣을 수도 없었다. 왜냐하면 스크루지가 자기 방에만 석탄을 보관해 두었기 때문이다. 도저히 추위를 견디다 못한 서기가 조그만 삽을 들고 석탄을 가지러 가면 스크루지는 늘 잔소리를 쏟아 부었다.

"이만한 날씨에 뭐가 춥다고 그래. 당장 새로운 직원을 뽑아야겠군!"

앞뒤 사정이 이렇다 보니 서기는 좀처럼 석탄을 가지러 갈 용기를 내지 못했다. 차라리 외투를 머리끝까지 뒤집어쓰고 목도리까지 칭칭 둘렀지만 추위는 좀처럼 누그러들지 않았다. 가까스로 촛불에 몸을 녹이며 머릿속으로는 따뜻한 벽난로를 떠올려봤지만 소용없는 노릇이었다. 그것을 단지 상상력이 부족한 탓이라고 말할 수는 없었다.

"메리 크리스마스! 삼촌께 하나님의 은혜가 가득하길!"

스크루지가 추운 사무실에서 말없이 일하고 있는데, 낯익은 목소리가 들려왔다. 언제 사무실에 들어왔는지 조카가 밝은 얼굴로 곁에 서 있었다.

"정신 나간 놈, 비싼 밥 먹고 웬 헛소리야!"

스크루지가 화난 목소리로 꾸짖었다.

스크루지의 조카는 동그래진 눈으로 삼촌을 내려다보았다.

"헛소리라니요, 삼촌? 전 그저 크리스마스의 축복을 전하고 싶었을 뿐인데요. 지금 세게 농담하신 거죠?"

"난 농담 따위 하지 않아. 크리스마스라니, 그깟 것이 다 무슨 소용이람! 쥐뿔도 없는 가난뱅이 주제에 무슨 권리로 그렇게 즐거워?"

얼마나 신나게 안개 자욱한 겨울 거리를 달려왔는지 조카의 머리에서는 더운 김이 모락모락 피어올랐다. 잘생긴 얼굴의 양 볼은 발갛게 달아올랐고, 사무실 안인데도 입에서는 연방 하얀 입김이 새어나왔다.

조카는 삼촌의 홀대에도 아랑곳하지 않고 씩씩하게 말을 이었다.

"삼촌 얘기대로 저는 그렇다고 쳐요. 한데 삼촌은 무슨 권리로 단단히 화라도 난 사람처럼 표정이 어두우신가요? 알부자로 소문난 분께서 뭐 슬퍼할 이유라도 있으세요?"

스크루지는 조카의 물음에 선뜻 마땅한 대답이 떠오르지 않았다. 그래서 괜히 헛기침을 하며 신경질적인 목소리로 "정신 나간 놈!"이라는 말을 거듭 덧붙일 따름이었다.

"제 말에 너무 기분 나빠하지는 마세요, 삼촌."

그제야 조카가 슬며시 스크루지의 눈치를 살폈다. 스크루지는 얕은 한숨을 내쉬며 다시 말문을 열었다.

"어떻게 나처럼 생각하지 않을 수 있어? 이맘때만 되면 가난뱅이 바보들이 시끌벅적 떠들어대는데 말이야. 흥, 즐거운 크리스마스라고? 빌어먹을! 크리스마스라고 해봤자 버는 건 만날 그 모양 그 꼴인데 청구서는 여지없이 날아들지. 곧 나이는 한 살 더 먹게 될 테지만 달라지는 것은 하나도 없어. 장부를 결산해보면 이번에도 일 년 열두 달 적자투성이라는 것을 확인하는 때일 뿐이야. 크리스마스가 대체 뭐야? 내 맘대

로 할 수 있다면 '메리 크리스마스!'라고 떠들고 다니는 놈들
을 푸딩과 함께 펄펄 끓인 다음 호랑가시나무 꼬챙이로 심장
을 푹 찔러 파묻어버리면 좋겠어. 그럼, 그래야 하고말고!"

스크루지는 몹시 성난 말투로 얘기했다.

"삼촌!"

조카의 눈빛이 간절했다.

"조카야! 넌 네 방식대로 크리스마스를 보내라. 난 내가 옳
다고 믿는 대로 크리스마스를 맞이할 테니까."

스크루지는 조카가 뭐라고 하든 여전히 냉정했다.

"크리스마스를 맞이하신다고요? 삼촌은 크리스마스에 대
해 조금도 관심이 없으시잖아요."

조카가 물었다.

"그래, 그러니까 나를 방해하지 말고 그냥 내버려두란 말이
다. 너나 크리스마스의 은혜를 실컷 받도록 해. 그동안 얼마
나 은혜를 받아서 그 모양으로 사는지 모르겠지만."

"삼촌, 주제넘게 들릴지 모르지만 세상에는 굳이 이익이 되
지 않아도 행복을 느끼게 해주는 것들이 참 많아요. 크리스마
스도 마찬가지죠. 크리스마스는 성스럽고 경건한 날이에요.
타인에 대한 배려와 용서, 자비의 마음이 가득한 때지요. 그
래서 일 년 삼백육십오일 중 어느 날보다 남녀를 불문하고 단
단히 걸어 잠갔던 마음의 문을 활짝 여는 거예요. 또 설령 자

기보다 못한 사람들일지라도 함께 죽음으로 향하는 길을 가는 동지처럼 여기는 유일한 때이기도 해요. 그래서 전 해마다 크리스마스가 각별해요. 비록 크리스마스가 제 주머니에 금화나 은화를 넣어준 적은 없지만, 저에게 분명 복을 내려줄 것이라고 믿어요. 삼촌, 크리스마스에는 하나님의 은총이 가득할 게 틀림없어요!"

조카가 확신에 찬 표정으로 말했다.

그 때, 움막처럼 비좁은 방에서 일하고 있던 서기가 자기도 모르게 박수를 쳤다. 하지만 서기는 이내 그 행동이 부적절했다는 것을 알아챘다. 그는 민망한 마음에 부지깽이로 애꿎은 난로만 쑤시다가 그나마 남아 있던 희미한 불씨마저 꺼뜨리고 말았다.

"아주 웃기는군. 한번 더 박수를 쳐보지? 그랬다가는 길거리에 주저앉은 채 크리스마스를 맞게 해줄 테니까."

스크루지는 서기에게 한바탕 쏟아붓고 나서 조카를 바라보았다.

"우리 조카님이 대단한 달변가로구먼. 언제 의원 선거에라도 나가보지 그래?"

"삼촌, 화내지 마세요. 내일 저희 집에 오셔서 저녁식사나 함께 하도록 해요."

조카의 초대에 스크루지는 덤덤히 "두고 보자"라고 말했다.

그렇다, 틀림없이 그렇게 대답했다. 그리고 스크루지는 곧 좀 더 자세히 얘기했다. "그래, 두고 보자고. 네가 머지않아 비렁뱅이가 되는 꼴을 말이야."

"삼촌, 왜 그렇게 말씀하세요?"

조카는 안타까웠다.

"너, 도대체 결혼은 왜 한 거냐?"

"사랑에 빠졌으니까요."

"뭐, 사랑에 빠졌다고!"

순간 스크루지의 표정이 일그러졌다. 마치 세상에 "메리 크리스마스!"보다 더 한심한 말이 있다면 "사랑에 빠졌다!"라는 말이라고 믿는 듯했다.

"그만 돌아가라, 얘야."

스크루지가 손을 내저었다.

"정말 왜 그러세요, 삼촌? 제가 결혼하기 전에도 집에 찾아오신 적이 없으면서 이제 와 결혼을 핑계거리로 삼으시다니요."

"그만 가보라니까."

"전 삼촌한테 아무것도 바라지 않아요. 어째서 우리는 서로 반갑게 오가며 지낼 수 없는 거죠?"

"그만 돌아가라니까 그래."

"삼촌이 이렇게 저를 대하시니까 섭섭해요. 여태껏 저는 삼촌 말씀을 거스른 적이 한 번도 없어요. 그런데 오늘은 크리스마스의 행복을 꼭 알려드리고 싶어 이런저런 이야기를 했던 거예요. 좋아요, 어쨌거나 저는 끝까지 크리스마스 분위기를 내볼래요. 메리 크리스마스, 삼촌!"

"그래, 잘 가라!"

스크루지는 여전히 퉁명스러웠다.

"그리고 새해 복 많이 받으세요!"

"잘 가라니까!"

조카의 계속된 덕담을 스크루지는 짜증스러워했다.

그럼에도 조카는 아무런 반항이나 군소리 없이 스크루지의 사무실을 나섰다. 그러다가 문득 서기와 눈이 마주치자 "메리 크리스마스!"라고 외쳤다. 서기도 친절히 똑같은 인사를 건넸는데, 그것을 보면 그는 비록 추위에 온 몸이 꽁꽁 얼어붙었지만 마음만은 스크루지보다 따뜻한 사람이었다.

"흥, 정신 나간 녀석이 저기 또 있군. 처자식까지 딸린 주제에 일주일에 겨우 십오 실링을 벌면서 메리 크리스마스라니! 아무래도 내가 정신병원으로 들어가는 편이 낫겠어."

스크루지는 큰 소리로 투덜거렸다.

서기는 그 소리를 들었을 텐데도 사무실 밖까지 조카를 배웅했다. 그리고는 때마침 찾아온 두 사람의 방문객을 사무실 안으로 안내했다. 듬직한 몸집에 선량한 인상을 한 두 신사는 모자를 벗고 스크루지에게 정중히 인사를 건넸다. 그들의 손에는 서류 뭉치와 장부가 들려 있었다.

"여기가 '스크루지 말리 상회' 맞지요? 스크루지 씨나 말리 씨와 이야기를 좀 나누고 싶은데요."

한 신사가 장부를 들춰 보며 말했다.

"말리는 칠 년 전에 저 세상으로 갔소. 칠 년 전 바로 오늘 밤에 죽었단 말이오."

스크루지가 대답했다.

"그렇군요. 우리는 관대하신 말리 씨의 뜻을 동업자 분께서 실천해주실 것이라고 믿어 의심치 않습니다."

신사는 자신의 신분증을 내밀며 말했다.

그것은 틀린 말이 아니었다. 스크루지와 말리는 같은 생각을 가진 부류였으니까. 스크루지는 '관대하신'이라는 불길한 말에 고개를 설레설레 흔들며 신사의 신분증을 돌려주었다.

"스크루지 씨, 이맘때야말로 가난하고 불쌍한 이웃을 돕기에 더없이 좋은 시기입니다. 지금도 많은 사람들이 생필품이 부족해 고생하고, 편히 쉴 잠자리조차 마련하지 못해 추위에 떨고 있답니다. 그들에게 도움의 손길이 필요합니다."

신사는 무엇을 적으려는 듯 펜을 꺼내들며 말했다.

"감옥은 없단 말이오?"

스크루지가 물었다.

"물론 감옥은 적잖이 있습니다만."

신사가 펜을 쥔 손의 힘을 풀며 대답했다.

"그럼 구빈원(20세기 이전에 널리 유행한 빈민 구제 시설 – 옮긴이 주)은? 거기도 여전히 문을 열고 있지 않소."

스크루지가 비아냥대듯 말했다.

"그럼요, 구빈원의 문도 열려 있어요. 모두 문을 닫았다고 말씀드릴 수 있으면 좋으련만."

신사가 대답했다.

"그렇다면 범죄자들에 대한 징벌과 빈민 구제법은 아직도 잘 운영되고 있구려."

"네, 물론입니다."

"거참, 다행이오. 난 당신들의 말을 듣고 그런 시설과 법률에 무슨 문제가 생겼나 걱정했지 뭐요. 여하튼 잘 돌아가고 있다니 안심이오."

스크루지는 짐짓 안도의 표정을 지어 보였다.

"안타깝지만, 그것만으로는 가난한 사람들에게 기독교의 사랑을 충분히 베풀기에 부족합니다. 그래서 우리가 빈민들에게 줄 고기와 곡식, 땔감 따위를 마련하기 위해 이렇게 모금 활동을 펼치고 있는 것이지요. 크리스마스가 되면 가난한 사람들은 더욱 빈곤을 절감하고, 부자들은 풍요를 만끽한답니다. 자, 선생님이 어떤 도움을 주실 것이라고 적을까요?"

신분증을 내밀었던 신사가 스크루지에게 물었다.

"아무것도 적지 마시오!"

스크루지가 소리쳤다.

"혹시 익명으로 기부하기를 바라시나요?"

"제발 나를 그냥 내버려두시오. 어떤 도움을 주겠느냐고? 나는 크리스마스가 즐겁지 않소. 더구나 게으른 사람들을 즐겁게 해줄 마음은 전혀 없소. 나는 이미 감옥과 구빈원을 운영하는 데 쓰이는 세금을 내고 있다는 사실을 알아야 하오. 그것만으로 충분하오. 게으른 가난뱅이들은 모두 그곳으로 가면 되지 않소."

"선생님, 거기에 갈 수 없는 사람들도 많답니다. 또 그런 곳에 가느니 죽는 편이 낫다고 생각하는 사람들도 적지 않고요."

"죽는 편이 낫다면 죽으라고 하지 뭐."

스크루는 퉁명스럽게 대꾸하며 말을 이었다.

"그러면 아무 짝에도 쓸모없는 인간들이 좀 줄어들겠구먼. 어찌 됐든, 난 그런 얘기 잘 모르니까 그만두시오."

"그럴 리가요. 제 말뜻을 충분히 아실 텐데요."

신사의 목소리도 조금 커졌다.

"그만! 아무튼 내가 알 바 아니오. 내 앞가림하기도 바쁜데 누구를 도와주라는 거요? 다른 사람들 일에 신경쓰고 싶지 않으니 모두 돌아가시오."

두 신사는 다시 한 번 스크루지를 설득하려고 했지만 소용없는 노릇이었다. 결국 그들은 사무실에서 나갔고, 스크루지는 자기가 이겼다는 생각에 우쭐한 기분까지 느끼며 다시 일에 몰두했다.

얼마나 시간이 흘렀을까. 안개와 어둠은 점점 짙어졌다. 마차를 끌고 가는 말들 앞에서 횃불을 든 사람들이 거리를 밝히며 길을 안내하느라 분주히 뛰어다녔다. 어느덧 낡은 종을 매단 교회의 종탑도 보이지 않게 되었다. 그곳에서는 항상 고딕 양식의 창문을 통해 스크루지를 몰래 엿보는 듯했는데, 이제 어둠 속에 파묻혀 사람들이 추위에 떨며 이빨을 딱딱 맞부딪히는 것처럼 매 시간 정각을 비롯해 15분마다 종을 울려댔다. 추위는 점점 더 심해졌다. 큰길가 한쪽 모퉁이에서 일꾼들 몇 명이 가스관을 수리하고 있었다. 그 일꾼들이 피워둔 모닥불 주변으로 누더기를 걸친 어른과 아이들이 하나둘 모여들어 행복한 표정으로 두 눈을 껌벅이며 언 손을 녹였다. 주변에 쓸쓸히 남겨진 소화전에서는 물이 조금씩 새어나와 볼썽사납게 얼어붙어 있었다. 거리의 상점들에서는 램프 불빛이 비쳐 행인들의 창백한 얼굴을 붉게 물들였다. 또 램프의 열기는 상점 창문에 걸려 있는 호랑가시나무의 가지와 열매에서 오도독거리는 소리를 만들어내기도 했다. 칠면조고기와 닭고기를 파는 정육점에는 손님들의 발길이 이어져 언뜻 한바탕 야외극이 펼쳐진 것처럼 보였다. 해마다 그 시각, 관저에서 생활하는 시장은 50명이나 되는 요리사와 집사들에게 멋진 크리스마스를 보낼 수 있도록 만반의 준비를 하라는 지시를 내리고는 했다. 어쩌면 지금쯤 지난 월요일 술에 취해 싸움을 벌여 5실링의 벌금형을 선고받은 솜씨 없는 재봉사도 비좁은 다락방에서 내일 먹을 푸딩을 열심히 젓고 있으리라. 그리고 그의 야윈 아내는 푼푼이 모아둔 돈으로 소고기를 사기 위해 아기를 업고 짧은 외출을 했을지도 모를 일이었다.

안개는 더욱 짙어가고 날씨도 매섭게 추워졌다. 으스스한 냉기가 온 몸으로 파고들어 살을 에며 뼈를 아프게 했다. 만약에 성 던스턴(캔터베리 대주교를 역임한 대장장이의 수호신 - 옮김이 주)이 자신의 무기 대신 이런 맹렬한 추위로 악마의 코를 살짝 비틀기만 했어도 원하던 바를 너끈히 이룰 수 있었으리라. 그 때였다. 굶주린 개가 물어뜯은 뼈다귀처럼 추위에 자그마한 코를 벌겋게 물어뜯긴 어린아이가 허리를 구부린 채 스크루지 사무실의 열쇠구멍에 대고 캐럴을 부르기 시작했다.

기쁘다, 구주 오셨네!
하나님의 은혜가 우리 모두를 축복하시길!

그런데 캐럴의 첫 소절이 들리자마자 스크루지가 냅다 자를 움켜쥐는 모습이 보였다. 아이는 화들짝 놀라 안개와 누구보다 스크루지에게 어울릴 추위를 남겨둔 채 꽁무니를 내뺐다.

드디어 사무실 문을 닫을 시각이 되었다. 스크루지는 마지못해 의자에서 몸을 일으켜 퇴근 시간을 알렸다. 그러자 서기도 재빨리 촛불을 끄고 모자를 썼다.

"내일은 종일 쉬고 싶겠지?"

스크루지가 물었다.

"네, 사장님께서 괜찮으시면요."

"나는 괜찮지 않아. 더구나 공평하지도 않고. 자네가 내일 쉰다고 내가 월급에서 반 크라운을 깎는다면 어떻겠나? 아마도 부당한 대우를 받는다고 생각할 거야. 그렇지?"

스크루지가 말했다.

서기는 난처한 미소를 띠며 일 년에 단 한 번뿐인 일이라고 중얼거렸다.

"일 년에 한 번뿐이라고? 해마다 십이월 이십오일이면 남의 지갑에서 공짜로 돈을 빼내가려는 심보치고는 궁색한 변명이군. 일도 하지 않는 사람에게 하루치 일당을 줘야 하는 내가 억울할 거란 생각은 못하나?"

스크루지는 두툼한 외투의 단추를 턱 밑까지 채우며 말을 이었다.

"그래도 내일은 자네를 쉬게 해야 할 것 같군. 그 대신 모레 아침에는 더 일찍 출근해야 하네!"

서기는 스크루지의 말에 "네!" 하고 대답했다. 그제야 스크루지는 여전히 못마땅한 듯 혼잣말을 해대며 밖으로 사라졌다. 그 뒤를 따라 서기도 재빨리 사무실 문을 잠그고 하얀 목도리를 허리까지 늘어뜨린 채 달려 나갔다. 그에게는 몸에 걸칠 두툼한 외투가 없었다. 서기는 크리스마스를 맞는 기쁨으로 저마다 스무 번 넘게 미끄럼을 타며 노는 아이들을 지나쳐 콘힐의 언덕길을 내려갔다. 그는 집에서 아빠를 기다리고 있는 어린 자식들과 술래잡기를 하며 놀아주기 위해 가쁜 숨을 헉헉대며 캠든 타운에 있는 집까지 한달음에 달려갔다.

스크루지는 언제나 그랬듯 허름한 단골 선술집에서 쓸쓸히 저녁식사를 했다. 그는 항상 그곳에서 신문을 펼쳐 남김없이 읽어치운 다음 집으로 가서 은행 잔고를 확인하고 잠자리에 드는 것이 일과였다. 그는 죽은 동업자의 독신자용 셋방에 살고 있었다. 음침한 방들이 다닥다닥 붙어 있는 그 집은 주위에 쓰레기더미가 너절하게 쌓여 있어 쾌적함과는 거리가 멀었다. 게다가 다른 집들이 미로처럼 얽히고설켜 익숙하지 않은 사람들은 자칫 길을 잃기 십상이었다. 그런 까닭에 이제는 스크루지 말고 그곳에서 거주하는 사람은 아무도 없었다. 다른 방은 살림집 대신 모두 사무실로 임대되어 밤마다 적막강산으로 변했다. 그 날도 셋방으로 가는 길은 칠흑같이 어두웠다. 스크루지는 바닥의 돌멩이 하나까지도 머리에 떠올릴 만큼 익숙한 길이었지만 워낙 캄캄해 손으로 이곳저곳 더듬거려 가며 자신의 셋방을 찾아갈 수밖에 없었다. 이윽고 다다른 낡은 집의 현관에는 여느 곳처럼 짙은 안개와 매서운 추위가 웅크리고 있었다. 어쩌면 날씨의 신이 서글픈 생각에 잠겨 현관에 주저앉아 있는 것은 아닐까 하는 망상이 떠오를 정도였다.

그 집 현관의 문고리는 아주 크다는 점을 빼면 특이할 것이 하나도 없었다. 스크루지는 그곳에 사는 동안 아침저녁으로 문고리를 보아 왔다. 그는 런던이라는 대도시에 사는 대부분의 정치가와 사업가들처럼 상상력이 별로 없었다. 그는 그 날 오후 낯선 신사들의 방문으로 7년 전에 죽은 말리를 잠시 떠올렸을 뿐, 평소에는 옛날의 동업자를 손톱만큼도 생각하지 않았다. 자, 그런데도 스크루지가 열쇠구멍에 열쇠를 밀어 넣는 순간 어떻게 아무런 마법도 없이 문고리 대신 말리의 얼굴을 보게 되었는지 설명할 수 있는 사람이 있을까?

말리의 얼굴이라니! 그 얼굴은 다른 사물들처럼 캄캄한 어둠 속에 파묻혀 있지 않았다. 그것은 마치 지하실 바닥에 놓아두었다가 썩어버린 바다가재처럼 묘한 빛을 띠고 있었다. 말리의 얼굴은 흉악하게 일그러지거나 성난 표정이 아니었다. 다만 유령 같은 분위기에 이상야릇한 안경을 쓴 채 살아 있을 때와 같은 눈길로 스크루지를 바라보았다. 그의 머리카락은 어지럽게 헝클어져 있었고, 눈을 크게 떴는데도 눈동자는 움직이지 않았다. 그런 몰골은 납빛의 얼굴과 어울려 섬뜩함이 느껴졌다. 말리는 자신의 모습을 스스로 어떻게 할 도리가 없는 것처럼 보였다.

스크루지는 우뚝 멈춰 서서 말리의 얼굴을 뚫어지게 바라보았다. 그러는 사이 어느새 그것은 다시 문고리로 바뀌었다.

스크루지가 깜짝 놀라지 않았다면 거짓말일 것이다. 난생처음 목격한 신기한 현상에 심장이 콩닥거리지 않았다고 해도 사실이 아닐 것이다. 하지만 스크루지는 자기도 모르게 바닥에 떨어뜨렸던 열쇠를 다시 집어 들어 현관문을 열었다. 그리고는 안으로 성큼 걸음을 옮겨 초에 불을 붙였다.

스크루지는 다시 현관문을 단속하며 잠시 머뭇거렸다. 그는 머리카락을 길게 땋아 늘인 말리의 뒤통수를 마주해 기겁하게 될지 모른다는 생각을 하면서 문 뒤를 살펴보았다. 다행히 문 뒤쪽에는 문고리를 고정하는 받침대 말고 아무것도 보이지 않았다. 그러자 그는 괜히 헛기침을 해대며 소리나게 현관문을 닫았다.

"쾅!" 하고 현관문 닫히는 소리가 집 안에 울려 퍼졌다. 위층에 있는 모든 방들과 포도주 상인이 지하 창고에 쌓아둔 술통들이 저마가 그 소리를 메아리로 돌려보냈다. 그러나 그만한 일에 겁먹을 스크루지가 아니었다. 그는 촛불의 심지를 가지런히 돋우며 여러 방들을 가로질러 계단을 올라갔다.

만약 누가 이 계단을 봤다면 여섯 마리의 말이 끄는 마차가 올라가 수 있을 만큼 넓다느니, 새로 만들어진 엉성한 법률보다 이리저리 빠져나갈 곳이 많을 만큼 넓다느니 떠들어댔을지 모른다. 하지만 나는 영구 마차가, 그것도 마차의 문을 계단 쪽으로 향한 채 가로 방향으로 충분히 지나갈 수 있을 정도로 넓다고만 말하겠다. 아니, 그리고도 공간에 여유가 있을 만큼 넓은 계단이었다. 그러니 스크루지가 눈앞의 어둠 속에서 어딘가로 움직이는 영구 마차를 보았다고 느낀 것도 무리는 아니었다. 단언컨대, 거리의 가스등을 대여섯 개쯤 갖다놓는다고 해도 계단을 완전히 밝히기는 어려웠다. 하물며 스크루지가 들고 있는 촛불 하나로는 어둠을 아주 조금밖에 밀어낼 수 없었다.

그렇지만 스크루지는 이깟 어둠쯤 아무것도 아니라는 듯 계단을 올라갔다. 어두울수록 돈을 절약하는 것이니, 딱히 불편하다고 생각하지도 않았다. 스크루지는 평소와 달리 이 방 저 방 돌아다니면서 아무런 문제가 없는 것을 확인한 뒤 자기 방으로 들어갔다. 방금 전에 보았던 말리의 얼굴이 자꾸 떠올라 그렇게 하지 않을 수가 없었다.

스크루지는 셋방 안의 거실과 침실, 창고를 일일이 둘러보았다. 모두 아무런 이상이 없었다. 탁자 밑과 소파 밑도 살펴보았다. 어제와 다름없이 벽난로 안에는 희미한 불꽃이 타올랐고, 숟가락과 낡은 그릇 역시 제자리에 놓여 있었다. 또 감기 기운 때문에 먹으려고 오트밀을 담아놓은 작은 냄비도 벽난로 안 시렁에 그대로 얹혀 있었다. 침대 아래와 옷장 안에도 아무런 문제가 없었다. 벽에 걸려 있는 잠옷 더미가 왠지 수상해 들춰봤으나 쓸데없는 의심이었다. 그 밖에 낡은 신발과 생선을 담아두는 2개의 함지, 삼발이 세면대와 부지깽이도 달라진 구석이 보이지 않았다.

그제야 스크루지는 마음을 놓고 방문에 자물쇠를 걸어 잠갔다. 그것도 평소와 달리 이중으로 잠근 다음 몇 번이나 상태를 확인했다. 그렇게 모든 일을 마쳤다고 생각한 스크루지는 넥타이를 풀고 잠옷으로 갈아입었다. 나이트캡을 쓰고 슬리퍼를 신은 뒤 오드밀이나 좀 먹어야겠다고 생각하며 벽난로 앞에 다가앉았다.

벽난로의 열기는 매우 약했다. 그토록 추운 날씨에는 아무런 도움도 되지 못할 정도였다. 스크루지는 한 줌이나 될까 말까 한 석탄의 온기를 느끼려고 몸을 바짝 기울였다. 벽난로는 오래 전에 네덜란드 상인이 설치해놓았다. 그래서 그 둘레에는 성서의 내용을 묘사한 네덜란드 타일이 붙어 있었다. 이를테면 카인과 아벨, 파라오의 딸들과 시바의 여왕, 깃털로 만든 이불처럼 안락한 구름을 타고 하늘에서 내려오는 천사들, 아브라함, 벨사살, 배를 타고 바다로 떠나는 사도 등이 그림의 소재였다. 그것들이 그 날따라 스크루지의 생각을 사로잡았다. 하지만 그 때, 7년 전에 죽은 말리의 얼굴이 고대 예언자의 지팡이처럼 홀연히 떠올랐다. 그 바람에 다른 모든 그림들은 스크루지의 생각에서 지워지고 말았다. 아마 애당초 타일에 아무것도 그려져 있지 않았다면, 일찌감치 모든 타일마다 말리의 얼굴이 나타났을지도 모를 일이었다.

"쳇, 왜 자꾸 헛것이 보인담!"

스크루지는 불쾌한 듯 투덜거리면서 안절부절 방 안을 서성거렸다. 그렇게 얼마쯤 시간이 지난 후에야 그는 다시 의자에 털썩 주저앉았다. 그가 머리를 의자 뒤로 젖히는 순간 벽에 걸어놓은 종이 눈에 들어왔다. 그것은 꼭대기 층에 있는 다른 방과 연락할 때 사용하던 것이었다. 무슨 일로 연락을 해야 했는지는 기억나지 않았다. 그런데 그 때, 실로 괴기스럽고 놀라운 상황이 벌어졌다. 오랫동안 사용하지 않아 존재마저 잊고 있던 종이 스크루지의 눈길이 닿자 흔들리기 시작했다. 처음에는 약하게 흔들려 소리가 별로 들리지 않았지만, 이내 종소리가 요란하게 울려 퍼졌다. 그뿐 아니라 집 안의 다른 종들도 하나둘 시끄럽게 울려대기 시작했다.

종소리가 울려 퍼진 것은 30초, 길어야 1분 남짓이었다. 그런데 스크루지에게는 족히 한 시간은 울려댄 것처럼 느껴졌다. 모든 종소리들은 동시에 멈췄다. 그런 다음 갑자기 저 아래쪽에서 뭔가 서로 부딪히며 찰그랑거리는 소리가 들려왔다. 누군가 쇠사슬을 끌며 창고에 쌓아놓은 포도주 통들 사이를 걸어가는 것 같았다. 스크루지는 문득, 폐가의 유령이 쇠사슬을 끌고 다닌다는 이야기를 언젠가 들은 것이 생각났다.

잠시 후, 지하실 문이 덜컹 소리를 내며 열렸다. 그리고 곧 1층에서 아까보다 더 요란하게 쇠사슬을 끄는 소리가 들렸다. 그 소음은 이내 계단을 올라왔고, 그는 거침없이 스크루지의 방으로 향했다.

"이건 다 속임수야! 아무것도 믿지 않겠어."

스크루지가 혼잣말을 중얼거렸다.

하지만 그것도 잠시, 언뜻 정체를 알아보기 어려운 그가 잠긴 문을 통과해 방 안으로 들어섰다. 그 모습을 본 스크루지의 낯빛이 새파랗게 질렸다. 벽난로 속에서 희미하게 사그라지던 불꽃이 "난 저것을 알아. 말리의 유령이야!"라고 외치는 듯 짧은 시간 활활 타오르더니 금세 잦아들었다.

그랬다, 분명 아까 보았던 그 얼굴이었다. 머리카락을 뒤로 길게 땋아 늘이고, 언제나 똑같은 외투 차림에 통이 좁은 바지, 목이 긴 양말에 부츠를 신은 모습까지 의심할 나위 없는 말리였다. 심지어 부츠의 빳빳한 장식 술도 살았을 적 말리의 차림새 그대로였다. 말리가 끌고 다니는 쇠사슬은 그의 몸을 조이고 있었다. 그것은 기다란 꼬리처럼 이리저리 말리의 몸을 휘감고 있었는데 자그마한 금고와 열쇠, 통자물쇠, 회계장부, 각종 증서, 강철로 만든 지갑 등 온갖 물건들이 주렁주렁 매달려 있었다. 또 신기하게도 말리의 몸은 투명해 조끼를 지나 뒤에 달려 있는 외투 단추 2개까지 볼 수 있었다.

스크루지는 다른 사람들이 말리를 일컬어 '창자 빠진 인간(인정 없는 사람이라는 의미로, 여기서는 말리의 몸이 투명한 것을 강조함 – 옮긴이 주)'이라고 비아냥대는 것을 여러 차례 들었다. 하지만 여태껏 그 말을 절대 믿지 않았다. 물론 지금도 그런 비난을 쉽게 수긍할 수는 없다. 말리의 유령이 눈앞에 서 있는데도, 유령의 차가운 눈빛에서 뿜어져 나오는 서늘한 기운 탓에 온 몸에 소름이 돋는 것을 느끼면서도, 유령의 머리와 턱을 감싸고 있는 붕대의 올까지 똑똑히 보일 만큼 분명 현실감이 충만한데도 마찬가지였다. 스크루지는 자신의 감각을 믿지 않다.

"웬 일이야? 대체 나한테 뭘 바라는 건가?"

스크루지가 여느 때처럼 쌀쌀맞게 물었다.

"바라는 게 많아."

틀림없는 말리의 목소리였다.

"넌 누구냐?"

"내가 누구였느냐고 물어주게."

"그래, 넌 누구였는데? 유령치고는…… 꽤 까탈스럽군."

스크루지의 목청이 높아졌다. 그는 원래 '유령 따위가'라고 말하려다 '유령치고는'이라는 표현이 더 적절할 듯해 얼른 바꾸었다.

"난 살아 있을 적에 자네의 동업자였지. 제이콥 말리."

"자네, 여기 앉을 수 있겠나?"

스크루지가 말리의 유령을 의심스런 눈길로 바라보며 물었다.

"그럼."

"그렇다면 자리에 앉게나."

스크루지가 다짜고짜 그런 질문을 한 데는 이유가 있었다. 그는 투명한 유령이 의자에 앉을 수 있는지 알고 싶었고, 만약 그것이 불가능할 때 유령이 당황해하며 어떤 변명을 늘어놓을지 궁금했기 때문이다. 하지만 유령은 조금의 망설임도 없이 자연스럽게 벽난로 맞은편에 놓인 의자에 가서 앉았다.

"자네는 나를 믿지 않는군."

유령이 말했다.

"그래, 못 믿겠네."

스크루지가 말했다.

"내가 정말 말리인지 알아보는데, 자네의 감각보다 더 중요한 게 있나?"

"그거야 장담할 순 없지."

"어째서 자네의 감각을 신뢰하지 않지?"

"감각이란 아주 사소한 문제로도 영향을 받는 법이니까. 이를테면 배탈만 조금 나도 감각은 거짓말을 하지. 맞아, 어쩌면 자네는 소화되지 않은 작은 쇠고기조각일 수도 있고, 약간의 겨자 찌꺼기거나 치즈 한 조각일지도 몰라. 설익은 한 입의 감자일 수도 있고 말이야. 여하튼 자네가 뭐든지 간에 무덤 냄새보다는 고기 국물 냄새가 풍기는 것 같군."

스크루지는 원래 농담을 잘하는 사람이 아니었다. 그럴 기분도 아니었고. 그는 사실 유령의 출현으로 골수까지 오싹할 만큼 두려움을 느꼈다. 그래서 분위기를 바꾸고 주의를 딴 데로 돌릴 목적으로 일부러 그런 말을 늘어놓았던 것이다.

스크루지는 유령이 잠시라도 생기 없는 눈으로 자신을 응시하는 것이 싫었다. 유령이 내뿜는 지옥의 공기는 그야말로 몸서리쳐지는 구석이 있었다. 물론 직접 경험해본 것은 아니지만, 스산한 지옥의 공기가 주위를 감싸고 있는 것은 틀림없는 사실이었다. 유령이 꼼짝하지 않고 앉아 있는데 머리카락과 코트 자락, 그리고 부츠의 장식 술이 오븐에서 뿜어져 나오는 뜨거운 공기를 쐬는 양 쉴 새 없이 흔들리는 것이 그 증거였다.

"자네, 이 이쑤시개가 보이나?"

스크루지가 물었다. 그 또한 방금 전에 설명했던 것과 같은 이유로 내뱉은 말이었다. 스크루지는 이쑤시개를 핑계로라도 잠시나마 유령의 시선이 자신에게서 비껴나기를 바랐다.

"보이네."

유령이 대답했다.

"그렇지 않아. 자네는 보고 있지도 않잖아."

스크루지가 말했다.

"보고 있지 않아도 보이는걸."

"그럴 리가. 좋아, 자네가 정말 이 이쑤시개를 보고 있다면 내가 삼켜버려야겠군. 그리고 남은 일생 동안 순전히 나의 상상으로 만들어낸 유령한테 쫓겨다니지 뭐. 단언컨대, 이건 모두 엉터리야! 형편없는 속임수라고!"

스크루지의 격앙된 말이 끝나기 무섭게 유령은 소름끼치는 비명을 질러댔다. 쇠사슬도 마구 흔들어 등골이 오싹할 만큼 섬뜩한 소리가 울려 퍼졌다. 너무나 놀란 스크루지는 바닥에 나동그라지지 않기 위해 의자 손잡이를 꽉 움켜쥐었다. 놀라운 광경은 그뿐 아니었다. 유령이 날씨가 후텁지근하기라도 한 듯 머리와 턱을 감싸고 있던 붕대를 풀자 아래턱이 가슴 쪽으로 툭 떨어졌다. 그것을 목격한 공포를 어떻게 말로 다하겠는가.

스크루지는 털썩 무릎을 꿇었다. 그리고 두 손을 깍지 낀 채 머리 위로 들어올리며 애원했다.

"자비를 베푸소서, 유령 나리! 왜 저를 괴롭힌단 말입니까?"

스크루지의 낯빛이 하얗게 질렸다.

"세상살이에 찌든 인간 같으니라고! 이제는 나를 믿겠는가?"

"그래, 믿네. 믿고말고. 그런데 왜 저승에 있어야 할 영혼이 유령이 되어 이승을 떠돈단 말인가? 왜 하필 나를 찾아왔느냔 말일세."

스크루지의 물음에 유령은 차분히 말을 이었다.

"무릇 인간은 내면의 영혼이 다른 사람들과 어울리며 멀리 여행도 다니게 해야 하는 법이네. 하지만 살았을 적에 그렇게 하지 못한 영혼은 죽은 뒤에라도 그 의무를 다해야 하지. 아, 슬프고 또 슬프기 짝이 없구나! 이제 이렇게 세상을 떠돌아다니며 살아 있는 사람들의 삶을 지켜보아야만 하다니. 만약 내가 아직도 이승에서 살고 있다면 함께 행복해질 수 있을 텐데."

유령은 말을 하면서 다시 비명을 지르고 쇠사슬을 흔들었다. 이번에는 형체도 불분명한 손목을 비틀어대기까지 했다.

"자네는 왜 쇠사슬에 묶여 있나?"

스크루지가 바르르 몸을 떨며 물었다.

"내 몸을 휘감고 있는 쇠사슬은 살아생전 내가 만든 것이지. 고리를 하나씩 만들어 그 길이를 일 미터, 일 미터 늘여온 거야. 나는 순전히 자유의지로 쇠사슬을 몸에 감았어. 왜, 자네에게는 이 모습이 낯설어 보이나?"

스크루지는 유령의 말에 몸을 더 부들부들 떨어댔다. 유령의 말이 이어졌다.

"혹시 자네를 휘감고 있는 쇠사슬에 대해서는 생각해봤나? 그 무게와 길이가 얼마나 되는지 알고 있어? 명심하게, 자네의 쇠사슬은 이미 칠 년 전 크리스마스에 지금 내 몸을 휘감고 있는 것과 비슷했네. 그 뒤로도 자네는 계속 쇠사슬을 늘여왔으니 이제 훨씬 더 길고 무거워졌을 테지."

그 말에 스크루지는 자신의 몸에 100미터는 너끈히 될 쇠사슬이 묶여 있지는 않나 살펴보려고 발아래를 힐끔거렸다. 하지만 아무것도 보이지 않았다.

"제이콥, 이보게 제이콥 말리. 자네는 나의 오랜 친구이니 좀 더 자세히 얘기해주게. 부디 내게 위안이 될 만한 말을 해줘."

스크루지의 표정이 무척 간절했다.

"나는 자네에게 위안을 줄 수 없어."

유령의 말은 계속됐다.

"에브니저 스크루지, 그건 다른 영역에 속하는 것이야. 이를테면 나와 다른 성직자가 자네와는 다른 부류의 사람들에게 전하는 것이란 말일세. 내가 무엇을 해줄 수 있는지도 말할 수 없네. 내게 허락된 것은 조금 더 얘기할 수 있다는 사실뿐이야. 난 한 곳에 머물거나 쉴 수 없으며, 오랫동안 여유를 가질 수도 없다네. 내 영혼은 살았을 적에 우리의 사무실을 벗어나본 적이 없어. 내 말을 귀담아 듣게! 내 영혼은 살아생전 우리가 일하던 좁디좁은 환전소 소굴의 울타리를 넘어본 적이 없단 말일세. 그래서 이제 내게는 길고 긴 고행길이 지루하게 펼쳐져 있다네!"

스크루지는 생각에 잠길 때면 두 손을 바지 주머니에 집어넣는 버릇이 있었다. 그는 여전히 무릎을 꿇고 눈을 내리깐 채 주머니에 손을 찔러 넣고 유령의 말을 곰곰이 되새겼다.

"그걸 알아내는 데 꽤나 많은 시간이 걸린 모양이로군, 제이콥."

스크루지의 말투는 공손하면서도 사무적이었다.

"그래, 꽤나 많은 시간이 필요했지!"

유령이 스크루지의 말을 되풀이했다.

"자네가 세상을 떠난 지 칠 년이 되었어. 거참, 그동안 내내 떠돌아다녔다니!"

스크루지가 계속 생각에 잠긴 모습으로 말했다.

"맞아, 칠 년 내내. 내게는 안식이나 평화가 없었어. 끊임없는 후회로 고통스러웠을 뿐이지."

"빠른 속도로 돌아다니기는 하나?"

스크루지가 물었다.

"바람의 날개를 타고 다니지."

유령이 대답했다.

"그럼 칠 년 동안 많은 곳을 다녔겠군."

그 순간 스크루지의 말을 들은 유령이 또다시 비명을 질러댔다. 쇠사슬 소리까지 쩔그렁쩔그렁 요란하게 울려 퍼져, 누가 유령을 소란 죄로 신고해 법정해 세운다고 해도 아무런 할 말이 없을 것 같았다.

"오, 쇠사슬에 꽁꽁 묶여 구속당하고 얽매인 이 몸이여!"

유령은 갑자기 큰 소리로 외쳐댔다.

"지상에서 맛볼 수 있는 행복을 모두 누리기 전에 이승의 삶이 마감될 수 있으므로, 불멸의 존재들이 오랜 세월 쉼 없이 노력하고 수고해온 것을 나는 알지 못했어! 이토록 비천한 땅에서 그리스도의 정신을 행하려고 해도 인간의 삶이 너무 짧아 그 넓고 깊은 뜻을 실현하기 어렵다는 것을 알지 못했어! 아무리 후회해본들 한 번뿐인 인생을 되돌릴 수는 없다는 사실을 실감하지 못했단 말이야! 그게 바로 나야! 아아, 내가 그랬단 말일세!"

"하지만 자, 자네는 훌륭한 사업가였어."

스크루지는 말을 더듬었다. 그런 변명은 자신을 위한 것이기도 했다. 유령은 또다시 손목을 비틀어대며 소리쳤다.

"훌륭한 사업가였다고? 난 다른 사람들을 위한 사업을 해야 했어. 많은 사람들이 행복하게 살 수 있도록 돕는 사업 말이야. 자선과 자비, 관용 그 모든 것이 나의 사업이었으면 좋았을 거야. 내가 살았을 적 했던 온갖 거래를 그런 진정한 사업에 비한다면 드넓은 바다의 물 한 방울에 지나지 않을 따름이지."

유령은 이렇게 말하며 쇠사슬을 높이 치켜들었다가 바닥에 냅다 내동댕이쳤다. 마치 돌이킬 수 없는 자신의 비탄이 그 쇠사슬에서 비롯되기라도 한 것처럼.

"나는 해마다 이맘때가 가장 괴롭다네. 나는 왜 다른 사람들을 외면하느라 늘 눈을 내리깔고 다녔을까? 어째서 한 번이라도 눈을 들어 동방박사들을 저 초라한 거처로 인도했던 신성한 별을 보려고 하지 않았을까? 그 별이 나를 이끌어갈 가난한 집들이 분명 있었을 텐데!"

유령이 말했다.

스크루지는 유령의 이야기가 계속될수록 점점 더 당혹스러워했다. 그의 몸이 자꾸만 부들부들 떨렸다.

"내 말에 주의를 기울이게! 시간이 거의 다 되어가고 있으니 말이야."

다시 유령이 말했다.

"알겠네. 하지만 부디 나를 가혹하게 대하진 말게. 지나치게 어려운 얘기도 하지 말고, 제이콥! 제발!"

"내가 어떻게 이런 모습으로 자네 앞에 나타날 수 있게 됐는지는 설명하기 힘드네. 분명한 사실 하나를 말하자면, 나는 지난날 눈에 보이지 않는 모습으로 늘 자네 곁에 있었다네."

그것은 썩 유쾌하지 않은 고백이었다. 스크루지는 여전히 몸을 덜덜 떨면서 이마에 맺힌 땀방울을 훔쳤다.

유령의 말이 계속됐다.

"그것은 내가 받아야 할 벌 가운데 결코 가벼운 것이 아니었다네. 오늘 밤 나는 자네에게 아직 기회가 있다는 것을 알려주기 위해 이곳에 왔지. 나와 같은 운명을 피할 수 있다는 희망을 전하려고 말이야. 이것은 내가 자네를 생각해서 마련한 단 한 번의 기회요 희망일세, 에브니저."

"자네는 언제나 좋은 친구였어. 고맙네!"

스크루지가 말했다.

"곧 세 유령이 자네를 찾아올 거야."

유령의 예언에 스크루지의 낯빛이 몹시 어두워졌다. 그가 입술을 떨며 물었다.

"그것이 자네가 방금 전에 얘기한 기회요 희망이란 말인가, 제이콥?"

"그렇다네."

"그…… 그런 기회요 희망이라면…… 차라리 사양하고 싶네만……."

"자네가 그 유령들의 방문을 거부한다면 나와 같은 길을 피할 도리가 없네."

유령은 손사래를 치며 말을 이었다.

"첫 번째 유령은 내일 새벽 시계가 한 시를 알리면 찾아올 걸세."

"그럴 바에야 유령들을 한꺼번에 만나는 편이 낫지 않을까, 제이콥?"

스크루지가 은근슬쩍 물었다.

"아니. 두 번째 유령은 다음날 새벽 같은 시각에 자네를 찾아올 걸세. 또한 세 번째 유령은 다시 다음날 밤 열두 시를 알리는 괘종소리가 잦아들 때 나타날 거야. 이제 자네가 나를 만날 일은 없을 걸세. 그러니 자네 자신을 위해 지금까지 우리 사이에 일어났던 일들을 꼭 기억해두게!"

유령은 말을 마치고 탁자에 놓여 있던 붕대를 집어 들어 머리에 둘렀다. 스크루지는 이빨이 딱딱 부딪히는 소리를 듣고 유령의 턱이 다시 맞물려졌다는 것을 알 수 있었다. 스크루지는 애써 용기를 내 눈을 들었다. 그러자 도무지 믿어지지 않는 초자연적 현상으로 나타난 손님이 온 몸에 쇠사슬을 휘감은 채 꼿꼿한 자세로 자신을 내려다보고 있는 것이 보였다.

유령은 천천히 뒷걸음질을 쳤다. 유령이 걸음을 뗄 때마다 조금씩 올라가던 창문이, 마침내 창가에 다다르자 활짝 열렸다. 유령이 가까이 다가오라는 손짓을 하는 것을 본 스크루지가 아무런 저항 없이 따라갔다. 그리고 둘 사이의 거리가 두 발짝 정도 떨어졌을 때, 유령은 더 이상 다가오지 말라는 신호를 보냈다. 스크루지는 그 자리에 우뚝 멈춰 섰다.

그것은 유령을 향한 복종이라기보다 놀라움과 두려움 때문이었다. 유령이 손을 들었을 때, 스크루지는 허공에서 이상한 소리가 들리는 것을 알아챘다. 슬픈 탄식과 후회, 어떻게 설명조차 하기 어려운 자책의 통곡이었다. 그 소리를 잠시 듣고 있던 유령은 구슬픈 노래에 자신의 목소리를 더하며 어두운 밤하늘로 사라져버렸다.

스크루지는 호기심을 참지 못해 창문으로 다가갔다. 그의 눈길이 서둘러 밖으로 향했다.

밤하늘에는 구슬피 울부짖으며 이리저리 떠돌아다니는 유령들이 가득했다. 그들은 말리처럼 하나같이 쇠사슬을 몸에 휘감고 있었다. 그 중 일부 유령은 쇠사슬로 서로 묶여 있었다. 아마도 죄를 저지른 관료들 같았다. 쇠사슬을 휘감지 않고 자유롭게 돌아다니는 유령은 하나도 없었다. 몇몇 유령은 살았을 적에 스크루지와 이런저런 인연을 맺어 낯이 익었다. 특히 하얀 조끼 차림으로 발목에 커다란 철제 금고를 매단 늙은 유령은 생전에 꽤 가까운 사이였다. 그 유령은 아기를 안고 계단에 앉아 있는 불쌍한 여인을 도와줄 수 없어 애처롭게 눈물을 흘리고 있었다. 그것은 유령들 모두가 겪는 고통처럼 보였다. 그들은 살아 있는 사람들의 일에 좋은 마음으로 개입하고 싶었지만, 그럴 힘을 영원히 잃어버린 상태였다.

잠시 뒤, 유령들과 그들의 목소리는 어디론가 사라졌다. 그들이 안개 속으로 숨어들었는지, 아니면 안개가 그들을 삼켜 버렸는지는 알 수 없었다. 그리고 밤은 스크루지가 집으로 돌아올 때와 똑같은 모습으로 변해 있었다.

스크루지는 창문을 닫고 유령이 들어왔던 문을 찬찬히 살펴보았다. 문에는 스크루지가 해놓았던 것처럼 이중으로 자물쇠가 채워져 있었다. 어디 한 군데 망가진 곳도 없었다. 스크루지는 "모두 속임수야!"라고 소리치려다가 첫 음절에서 멈추었다. 그는 거센 파도처럼 일렁였던 감정의 요동 때문인지, 그저 유달랐던 하루의 피로 때문인지, 눈에 보이지 않는 세계를 보았기 때문인지, 유령과 나누었던 지루하고 재미없는 대화 때문인지, 이것도 저것도 아니라면 그냥 밤이 깊어서인지 평온한 휴식이 몹시 그리웠다. 스크루지는 옷도 벗지 않은 채 곧장 침대로 가서 곯아떨어져버렸다.

제2장

첫 번째 유령

얼마쯤 지났을까. 스크루지가 잠에서 깨어났을 때 방 안은 굉장히 어두웠다. 침대에서 바라보니, 투명한 창문과 불투명한 침실 벽이 거의 구분되지 않을 정도였다. 그가 뭔가를 살피려는 듯 어둠 속을 뚫어져라 바라볼 때, 근처 교회에서 15분마다 울리는 종이 네 번째 소리를 퍼뜨렸다. 스크루지는 몇 시 정각이 되었는지 가만히 귀를 기울였다.

놀랍게도, 묵직하게 울려 퍼지는 종소리는 여섯 번을 지나 일곱 번, 여덟 번, 아홉 번, 일정한 간격으로 계속되더니 열두 번이나 울리고 나서야 멈췄다. 아니, 12시라니! 스크루지가 잠자리에 든 것은 새벽 2시가 넘은 시각이었다. 아무래도 시계에 문제가 있는 것이 분명했다. 혹시 시계의 톱니바퀴에 고드름이라도 달렸나? 12시라니!

스크루지는 교회 종이 잘못된 시간을 알려준 것을 확인하려고 리피터 시계(옛날 시계의 일종으로, 단추를 누르면 가장 최근의 시각을 다시 알려준다 - 옮긴이 주)의 단추를 눌렀다. 그런데 그 시계의 맥박 역시 빠르게 열두 번을 울리고 멈춰 버렸다.

"도무지 이해할 수 없는 노릇이군. 내가 하룻밤이 모자라 이틀날 밤 열두 시까지 곯아떨어졌단 말이야? 태양이 심각한 고장을 일으켜 낮 열두 시가 이렇게 캄캄할 리는 절대 없을 텐데!"

스크루지는 섬뜩하고 불안한 생각이 들어 침대에서 기어나와 더듬더듬 창가로 다가갔다. 그는 잠옷의 소맷자락으로 유리창에 낀 서리를 닦아내고 나서 창밖을 살펴보았다. 하지만 아무것도 보이지 않았다. 겨우 확인할 수 있는 것이라고는 여전히 안개가 짙게 꼈고, 매서운 추위가 끊임없이 몰아닥치고 있다는 사실 정도였다. 이곳저곳 신나게 뛰어다니며 야단법석을 떨어대던 사람들의 소음도 더 이상 들리지 않았다. 설령 지금이 낮인데 밤의 지배를 받아 잠시 어두워진 것이라면, 이토록 적막할 리는 없었다. 만약 그렇다면 적어도 행인들의 발자국 소리는 들려야 했다. 그 때 문득 스크루지는 안도하는 마음이 들었다. 행여나 낮이었으면 '이것을 확인한 후 사흘 내에 에브니저 스크루지 씨나 그가 지정한 사람에게 기재된 금액을 지급하시오.'와 같은 내용이 적힌 어음이 미국 주정부에서 발행한 채권처럼 휴지조각이 되어버리고 말았을 테니까.

　스크루지는 침대로 돌아가 생각을 거듭했다. 그러나 아무래도 영문을 알 수가 없었다. 생각이 깊어질수록 혼란만 커질 따름이었다. 차라리 아무 생각도 하지 말자 나짐했시만, 그럴수록 골똘히 생각에 잠기게 되었다. 말리의 유령에 관한 생각이 그의 머릿속을 떠나지 않고 고통을 안겨주었다. 모두 꿈이었다며 굳게 마음먹으려고 할수록 생각은 강력한 용수철에 튕겨나가듯 처음으로 돌아갔다. 그러면 다시 똑같은 문제를 두고 고민해야 하는 일이 되풀이되었다.

　'그것은 과연 꿈이었을까, 실재였을까?'

　스크루지는 생각에 잠긴 채 멍하니 침대에 누워 있었다. 어느덧 15분마다 울리는 종소리가 세 번째 신호를 보내왔을 때, 그는 새벽 한 시에 첫 번째 유령이 찾아올 것이라고 했던 말리의 말이 떠올랐다. 그는 다시 잠에 빠져드는 것이 천국에 가기보다 어렵다고 판단했다. 그래서 새벽 한 시가 되도록 깨어 있기로 결심했다. 그의 입장에서 달리 선택할 수 있는 일이 없었다.

　그마저 마냥 쉽지는 않았다. 마지막 15분이 어찌나 길게 느껴지던지, 스크루지는 자기가 혹시 깜빡 조느라 시계소리를 못 들은 것은 아닐까 몇 번이나 의심했다. 그러다가 마침내 새벽 한 시를 알리는 시계소리가 귓전을 때렸다.

"뎅그렁!"

"십오 분이야."

스크루지는 시간을 계산하며 중얼거렸다.

"뎅그렁!"

"삼십 분이군."

"뎅그렁!"

"사십오 분."

"뎅그렁!"

"드디어 한 시야! 한데…… 아무 일도 없잖아?"

스크루지의 표정이 의기양양했다.

하지만 스크루지의 외침은 마지막 종소리가 미처 울려 퍼지기 전에 터져 나온 것이었다. 곧 새벽 1시 정각을 알리는 종소리가 둔탁하고, 공허하고, 음울하게 울렸다. 순간 방 안에 불빛이 번쩍 하더니 침대를 가리고 있던 커튼이 홱 젖혀졌다.

침대 커튼을 옆으로 젖힌 것은 분명 어떤 손이었다. 그 커튼은 스크루지의 발치나 등 뒤에 드리워졌던 것이 아니라 바로 눈앞에 있었다. 스크루지는 침대에서 몸을 반쯤 일으켜 세웠고, 드디어 커튼을 열어젖힌 방문객, 이 세상에 존재하지 않는 것 같은 그 불청객과 얼굴을 맞닥뜨렸다. 둘은 내가 독자 여러분을 마음으로 아주 친밀하게 여기는 것만큼 매우 가까운 거리를 두고 마주했다.

　한마디로 기이한 모습이었다. 얼핏 어린아이 같았다. 아니, 좀 더 자세히 살펴보니 초자연적 매개체의 영향을 받아서인지 어린이이처럼 보이는 노인 같기도 했다. 유령은 하얗게 센 머리카락이 목덜미를 휘감고 등 뒤까지 내려왔는데, 얼굴에는 주름살이 전혀 없었다. 피부는 마치 붉은 꽃잎처럼 생기가 감돌았다. 기다란 팔에는 근육이 잘 발달되어 있었다. 손아귀 힘도 보통은 아닐 듯했다. 잘 빠진 다리와 발은 팔과 손이 그렇듯 맨살이 드러나 있었다. 옷은 하얀색 튜닉(고대 서양인들이 즐겨 입었던 소매 없는 헐렁한 옷 − 옮긴이 주) 차림이었다. 그 허리춤에는 눈부신 광채가 반짝이는 허리띠를 차고 있었다. 한 손에는 싱싱한 초록색 호랑가시나무 가지를 들고 있었는데, 그와 같은 겨울의 상징과 어울리지 않게 옷자락은 여름 꽃들로 장식되어 있었다. 그런데 무엇보다 가장 이상해 보이는 것은 정수리에서 뿜어져 나오는 환한 빛이었다. 그 빛 때문에 지금까지 유령의 모습을 묘사할 수 있었던 것이다. 여기서 하나 더. 유령은 겨드랑이에 고깔 모양의 모자를 끼고 있었다. 그것은 여차하면 불을 끄는 소화기로도 사용할 수 있을 것 같았다.

　하지만 마음이 좀 안정되면서 더 꼼꼼히 살펴보니 가장 기이한 점은 정수리의 빛이 아니었다. 유령이 차고 있는 허리띠의 이쪽 저쪽에서 불빛이 번갈아 번쩍거려 유령의 모습이 매번 달라졌다. 어느 때는 팔이 하나뿐인가 싶더니 금세 다리가 하나밖에 없는 듯 보였고, 다시 다리가 스무 개로 보였다가 머리는 사라진 채 두 다리만 멀쩡하기도 했다. 또 어느 때는 몸통이 사라지고 머리만 둥둥 떠다니는 놀라운 모습을 보이기도 했다. 홀연히 사라져버린 신체의 일부는 짙은 어둠에 파묻혀 희미한 윤곽조차 눈에 띄지 않았다. 유령은 그처럼 변화무쌍한 변신을 거듭하다가 어느 순간 본래의 제 모습을 또렷이 되찾고는 했다.

"오늘 밤 저를 찾아오실 것이라던 유령님이 맞습니까?"

스크루지가 물었다.

"그렇다네!"

뜻밖에 유령의 목소리는 부드러웠다. 다만 이상야릇하게 나지막한 그 목소리는 바로 옆이 아니라 멀리 떨어진 곳에서 들려오는 듯했다.

"유령님은 대체 어떤 분이신가요?"

"난 과거의 크리스마스 유령이다."

"아주 오래 된 먼 과거를 말씀하시는 건가요?"

스크루지가 난쟁이같이 작은 유령의 모습을 살피며 다시 물었다.

"아니, 자네의 과거일세."

누군가 스크루지에게 이유를 물었더라도 선뜻 마땅한 이유를 말하지는 못했을 것이다. 하지만 그 때, 스크루지는 유령이 모자를 쓴 모습을 꼭 보고 싶었다. 그는 끝내 참지 못하고 유령에게 모자를 써봐 달라고 부탁했다.

"뭐라고!"

유령이 고함을 지르며 말을 이었다.

"너의 속된 손으로 내가 전하는 빛을 순식간에 꺼버리겠다는 것이냐? 너 같은 탐욕스런 인간들이 이 모자를 만들어 기나긴 세월 동안 내 머리에 강제로 덮어씌웠거늘, 그것만으로 충분하지 않단 말이냐?"

스크루지는 유령의 기분을 상하게 할 의도가 전혀 없었다. 그는 공손히 머리를 조아리며, 지금까지 한 번도 유령의 머리에 억지로 '모자를 덮어씌운' 적은 없다고 말했다. 그런 다음 용기를 내 유령이 자신을 찾아온 이유가 무엇인지 물었다.

"자네를 행복하게 해주려고 왔지!"

유령이 말했다.

스크루지는 유령의 말에 감사하다고 인사했다. 그러나 나를 위한다면 잠이나 깨우지 말고 푹 쉬게 그냥 놔두지 하는 생각이 드는 것은 어쩔 수가 없었다. 유령이 그런 스크루지의 생각을 읽었는지 다시 입을 열었다.

"그렇다면 자네를 교화하기 위해서라고 해두지. 조심하게!"

그러면서 유령은 억세 보이는 손을 들어 스크루지의 팔을 부드럽게 잡았다.

"일어나게. 나와 함께 갈 데가 있네!"

스크루지는 산책을 나가기에 적절한 시간이 아니라고 말해 봤자 소용없을 것이라고 생각했다. 방 안은 따뜻하지만 밖에는 영하의 매서운 추위가 몰아닥쳤다고 불평해봤자, 잠옷 차림에 나이트캡을 쓴 채 슬리퍼를 신고 어디에 가겠느냐고 투덜거려봤자, 감기 기운이 있어 바깥나들이를 하면 건강에 좋지 않다고 애원해봤자 헛수고일 것이라고 생각했다. 스크루지의 팔을 잡은 유령의 손길은 마치 여자처럼 부드러웠으나 뿌리칠 수가 없었다. 스크루지는 별 수 없이 자리에서 일어났다. 그런데 유령이 창가로 다가가는 것을 깨닫고 화들짝 놀라 옷자락을 부여잡으며 온 몸으로 안간힘을 썼다.

"전 평범한 사람입니다. 창문에서 추락하고 말 거예요."

"내 손이 닿으면 자네는 여기보다 더 높은 곳에서도 아무 문제 없을 걸세."

유령은 겁을 집어먹은 스크루지의 가슴에 손을 얹으며 말했다.

그와 동시에 유령과 스크루지는 스르르 벽을 통과했다. 그들은 곧 너른 들이 양 옆으로 펼쳐진 시골길에 서 있었다. 눈을 씻고 봐도 도시는 어디론가 사라졌다. 도시의 흔적이라고는 눈곱만큼도 남아 있지 않았다. 날씨도 어둠과 안개가 완전히 자취를 감춰버려 맑고 추운 겨울 분위기가 완연했다. 벌판은 하얀 눈으로 덮여 있었다.

"아, 이럴 수가!"

주변을 휘둘러보던 스크루지가 두 손을 맞잡으며 소리쳤다.

"내가 자라난 곳이에요. 어렸을 적에 이곳에서 살았다고요!"

유령은 부드러운 눈길로 스크루지를 바라보았다. 아주 잠깐 유령의 상냥한 손길이 스쳤지만, 늙은 스크루지의 감각에는 여전히 그 온기가 남아 있는 듯했다. 스크루지는 맑은 대기 중에 수많은 향기가 떠다니는 것을 느꼈다. 그것은 오래도록 까맣게 잊고 지냈던 온갖 생각들과 희망, 기쁨, 또한 근심이 서린 향기였다.

"자네의 입술이 떨리고 있구먼. 한데 뺨에 있는 그것은 뭐지?"

스크루지는 평소와 달리 목멘 소리로 뾰루지라고 대답했다. 그리고는 자신이 가고 싶은 곳으로 데려가 달라고 간청했다.

"이 길을 기억하나?"

유령이 물었다.

"기억하다 마다요. 눈을 감고도 다닐 수 있는걸요."

스크루지가 들뜬 목소리로 외쳤다.

"그토록 잘 아는 길을 오랫동안 잊고 살았다니 정말 이상하군. 그럼 가보세."

유령이 말했다.

유령과 스크루지는 길을 따라 걸었다. 길가에서 보는 문이며 말뚝이며 나무며, 어느 것 하나 스크루지의 눈에 익지 않은 것이 없었다. 저 멀리 다리와 교회, 구불구불 감아 도는 강물과 장이 서 있는 작은 마을이 보였다. 또 사내아이들을 등에 태우고 잰 걸음으로 걷고 있는 털이 텁수룩한 조랑말들도 눈에 띄었다. 그 아이들은 농부들이 모는 마차와 수레에 탄 다른 아이들을 소리쳐 부르고 있었다. 아이들 모두 한껏 신바람이 나서 깔깔거렸다. 너른 들판은 즐거운 음악소리로 가득했고, 청명한 공기마저 한바탕 웃음을 터뜨리는 듯했다.

"이건 전부 과거의 환영일 뿐이야. 저들은 우리의 존재 자체를 알아보지 못하지."

유령이 말했다.

그 즐거운 여행자들이 가까이 다가왔다. 그러자 스크루지는 아이들 한 명 한 명의 얼굴을 알아보며 이름을 떠올릴 수 있었다. 스크루지는 그 아이들을 보는 것이 왜 그토록 기뻤을까? 어째서 아이들이 곁을 지나갈 때 스크루지의 차가운 눈동자가 반짝 빛나고 심장이 콩닥콩닥 뛰었을까? 도대체 무슨 까닭으로 갈림길에 접어든 아이들이 저마다 집으로 향하면서 서로를 향해 "메리 크리스마스!"라고 인사할 때 그의 가슴이 벅차올랐을까? 스크루지에게 '메리 크리스마스'가 무엇이기에? 메리 크리스마스라니, 우라질! 지금껏 크리스마스가 그에게 무엇을 해줬단 말인가!

"학교가 텅 비어 있진 않군. 친구들에게 따돌림 당하는 외로운 아이가 아직 남아 있어."

유령의 말에 스크루지가 고개를 끄덕이며 울먹였다.

유령과 스크루지는 큰길을 벗어나 모든 것이 생생히 기억나는 골목길로 접어들었다. 곧 눈앞에 칙칙한 붉은 벽돌집이 나타났다. 수탉 모양의 풍향계가 설치된 그 집의 둥근 지붕에는 종이 매달려 있었다. 집은 꽤 컸지만 좋은 시절은 이미 지나가버린 것 같았다. 널찍한 사무실에는 사람들의 흔적이 보이지 않았고, 눅눅하게 습기 찬 벽에는 이끼가 잔뜩 끼어 있었으며, 여기저기 유리창이 깨지고 문짝도 썩어 주저앉은 곳이 많았다. 마구간에는 닭들이 꼬꼬댁거리며 돌아다녔고, 마차 보관소와 창고에는 잡초만 무성하게 우거져 있었다. 집 안도 쇠락하기는 마찬가지였다. 을씨년스러운 현관으로 들어서 문이 열린 방들을 살펴보았지만 하나같이 변변한 가구조차 없이 휑뎅그렁했다. 또한 공기 중에는 퀴퀴한 흙냄새가 진동했는데, 음울해 보이기 짝이 없는 방들은 음식도 차리지 않고 촛불만 잔뜩 켜둔 식탁을 떠올리게 하기에 충분했다.

유령과 스크루지는 복도를 가로질러 집 뒤쪽에 있는 문으로 향했다. 그 문을 열자 어둠침침하고 초라한 길쭉한 방이 모습을 드러냈다. 방 안은 한 줄로 늘어선 몇 개의 낡은 소나무 의자들과 책상 때문에 더욱 쓸쓸하게 느껴졌다. 그 중 한 의자에는 외로워 보이는 소년이 불꽃이 잦아들어가는 난로를 마주한 채 책을 읽고 있었다. 스크루지는 가만히 다른 의자에 앉아 그동안 잊고 지냈던 자신의 옛 모습을 바라보며 흐느꼈다.

그곳에서는 무엇 하나 스크루지의 마음을 저미지 않는 것이 없었다. 집 안 여기저기에 숨어 있는 메아리도, 벽 뒤에서 생쥐들이 찍찍거리며 돌아다니는 소리도, 어둑한 뒷마당의 처마홈통에서 반쯤 녹은 얼음물이 똑똑 떨어지는 소리도, 잎사귀를 다 떨어뜨린 포플러나무 사이로 바람이 지나가며 탄식하는 소리도, 텅 빈 창고 문이 아무 의미 없이 삐거덕거리는 소리도, 난롯불이 희미하게 타닥거리는 소리조차 그의 마음을 흔들어놓았다. 스크루지의 눈에서 눈물이 주르르 흘러내렸다.

유령이 스크루지의 팔을 툭 건드려 책을 읽고 있는 어린 스크루지를 가리켰다. 그 때 창 밖에 장작을 잔뜩 실은 당나귀의 고삐를 잡고 한 남자가 서 있는 것이 보였다. 그는 이국적인 옷을 입고 허리춤에는 도끼를 차고 있었는데, 놀랄 만큼 생생한 모습이었다.

스크루지의 눈빛이 반가움으로 반짝였다.

"어이쿠, 알리바바예요! 착한 알리바바라고요! 그래, 맞아요. 분명히 기억나요! 어느 해 크리스마스였던가, 외톨이 소년이 여기 혼자 남아 있을 적에 알리바바가 처음 찾아왔어요. 바로 저렇게 말이에요. 가여운 녀석 같으니라고! 발렌타인이랑 숲에서 자란 그의 동생 오손도 저기 가네요! 그리고 이름이 뭐였더라…… 속옷 차림으로 다마스쿠스 성문에 버려진 사람도 있네요. 저 사람 보이지요? 이런, 램프의 거인 지니가 거꾸로 처박은 술탄의 마부도 있군요. 머리를 땅으로 하고 허우적거리는 꼴 좀 봐요. 저래도 싸지, 그렇고말고요! 자기 주제도 모르고 공주님과 결혼할 생각을 하다니!"

스크루지의 목소리는 환희에 차 한껏 들떠 있었다. 만약 런던에 있는 거래처 사람들이 그가 웃는 것도 아니고 우는 것도 아닌 이상한 말투로 그처럼 신나게 떠들어대는 광경을 보았다면 두 눈이 휘둥그레졌을 것이다. 스크루지는 짐짓 흥분해 얼굴이 벌겋게 달아오를 정도였다. 그는 목청 높여 계속 말을 이었다.

"저기 앵무새도 있어요! 초록색 몸통에 노란 꼬리, 머리 꼭대기에는 상추 같은 것이 삐죽 돋아나 있네요. 저길 좀 보세요! 로빈슨 크루소가 뗏목을 타고 섬 주변을 둘러본 뒤 돌아왔을 때 저 앵무새가 '가여운 로빈슨 크루소, 어디 갔다 오는 거야? 로빈슨 크루소!'라고 재잘댔지요. 로빈슨 크루소는 자기가 꿈을 꾸고 있는 것이 아닐까 생각했지만, 그건 틀림없이 앵무새가 한 말이었어요. 아, 저기 프라이데이가 목숨을 구하려고 죽을힘을 다해 작은 만으로 달려가고 있군요! 이봐, 어이! 이것 보라고!"

스크루지는 한창 말을 쏟아내다가 평소 성격과는 어울리지 않게 갑자기 기분이 돌변했다. 그는 어린 스크루지를 바라보며 "쯧쯧, 불쌍한 녀석!"이라고 혼잣말을 중얼거렸다. 그리고는 다시 눈물을 흘렸다.

잠시 뒤, 스크루지는 소맷자락으로 눈물을 훔쳤다. 그는 주머니에 손을 집어넣고 주변을 두리번거리다가 작은 소리로 속삭이듯 다시 말문을 열었다.

"그 땐 왜 그랬을까……? 하지만 이젠 너무 늦어버렸어."

"무슨 얘기지?"

스크루지의 말을 들은 유령이 물었다.

"아무것도 아니에요. 그럼요, 아무것도. 다만 어젯밤 제 사무실 앞에서 크리스마스 캐럴을 부르던 아이가 있었는데, 그

꼬마한테 뭐라도 좀 줘서 보냈으면 좋았을 거라는 생각이 드네요. 그뿐이에요."

그러자 유령은 의미심장한 미소를 지었다. 그리고는 손을 흔들며 얘기했다.

"이제 또 다른 크리스마스를 보러 가도록 하지!"

유령의 말이 끝나자마자 어린 스크루지의 몸이 눈 깜짝할 사이에 쑥 자라났다. 방 안은 더욱 어둡고 너저분해 보였다. 마감재로 벽에 붙여놓은 판자가 심하게 뒤틀렸고, 창문들이 군데군데 깨져 있었다. 회칠을 한 천장에서는 하얀 가루들이 자꾸만 부서져내려 윗가지(흙벽이나 회벽 안에 엮어 넣는 나뭇가지 – 옮긴이 주)가 훤히 드러나 보이는 지경에 이르렀다. 스크루지는 그와 같은 갑작스런 변화가 어떻게 일어났는지 도무지 알 수 없었다. 그가 믿어 의심치 않는 것은 방 안의 모습이 옛날의 어느 한때와 아주 똑같다는 사실뿐이었다. 아울러 다른 소년들은 모두 크리스마스를 가족과 함께 보내기 위해 집으로 돌아갔고, 또다시 소년 스크루지 혼자 남겨졌다는 것만이 명백했다.

소년 스크루지는 책을 읽지 않았다. 그저 황량한 마음으로 방 안을 서성거릴 따름이었다. 스크루지가 슬픈 눈으로 유령을 쳐다보더니 고개를 절레절레 저으며 문 쪽을 응시했다.

그 순간 문이 열렸다. 그리고 소년 스크루지보다 훨씬 더 어린 소녀가 뛰어 들어왔다. 소녀는 두 팔로 소년 스크루지의 목을 와락 끌어안더니 뽀뽀를 했다.

"오빠, 사랑스런 나의 오빠!"

소녀는 자그마한 손으로 손뼉을 쳐대며 까르르 웃음을 터뜨렸다.

"오빠를 집에 데려가려고 왔어! 오빠를 데려가려고 왔단 말이야. 어서 집에 가자!"

"귀여운 팬! 지금 집이라고 했니?"

소년 스크루지가 고개를 갸웃거리며 물었다.

"그래, 어서 집에 가자니까. 아주 가는 거라고! 지금은 아빠가 자상해지셔서 집이 꼭 천국 같아. 며칠 전 밤에는 내가 막 잠자리에 들려고 하는데, 아빠가 얼마나 다정하게 인사를 하시던지! 그래서 용기를 내 오빠를 집에 데려와도 되는지 다시 한 번 여쭤봤어. 놀랍게도, 아빠가 그러라고 허락하셨지. 오빠를 데려오라며 나를 마차에 태워 보내기까지 하시던걸. 한데 오늘 보니까 오빠도 이제 어엿한 어른이 다 됐네!"

소녀는 눈을 동그랗게 뜨고 말을 이었다.

"여기는 두 번 다시 돌아오지 않아도 돼. 하지만 우리가 우선 할 일이 따로 있지. 이번 크리스마스 내내 함께 지내면서 즐거운 시간을 보내는 거야!"

"너도 어느새 숙녀가 다 됐는걸, 팬!"

소년 스크루지의 얼굴에도 기쁨의 빛이 떠올랐다.

소녀는 또다시 손뼉을 쳐대며 까르르까르르 웃음보를 터뜨렸다. 오빠의 머리를 만져보려고도 했는데 키가 너무 작아서 안 되자, 까치발을 들고 소년 스크루지를 껴안았다. 그리고는 응석을 부리듯 오빠를 문 쪽으로 끌어당기기 시작했다. 소년 스크루지도 기꺼이 동생을 따라갔다.

그 때, 복도에서 무시무시한 고함소리가 울려 퍼졌다.

"스크루지 군의 짐을 저리로 내가도록 하게!"

그리고는 교장 선생님이 복도에 모습을 드러냈다. 그는 매서운 눈으로 스크루지를 노려보더니 손을 내밀어 악수를 청했다. 소년 스크루지는 덜컥 겁이 났다. 교장 선생님은 오누이를 여태껏 한 번도 본 적 없는 오래된 우물 같은 응접실로 데려갔다. 그곳에는 벽에 한 장의 멋진 지도가 걸려 있었고, 창가에는 천구의와 지구의가 놓여 있었다. 그것들이 모두 추위에 질린 듯 창백한 분위기를 자아내는 으스스한 곳이었다. 교장 선생님은 이상하리만치 묽은 포도주 한 병과 요상하게 기름진 케이크 한 조각을 꺼내 아이들에게 조금씩 나눠 주었다. 그리고 비쩍 마른 하인을 불러 바깥에 있는 마부에게 가져다주라며 포도주를 한 잔 들려 보냈다. 하지만 마부는 고맙게 호의를 받아들이면서도 지난번에 맛보았던 것과 같은 것이라면 차라리 마시지 않는 편이 낫겠다며 거절했다. 잠시 뒤

소년 스크루지의 짐을 담은 가방은 마차 꼭대기에 단단히 줄로 동여매졌다. 오누이는 곧 교장 선생님에게 작별 인사를 건넨 다음 마차에 올라타 신바람 나게 마당을 달려 나갔다. 마차 바퀴가 기운차게 씽씽 굴러가자, 상록수의 검푸른 이파리에 쌓여 있던 서리와 눈이 물보라처럼 흩날렸다.

"산들바람만 불어도 날아갈 만큼 아주 연약한 소녀였어. 그래도 마음은 무척 넓었지."

유령이 말했다.

"맞습니다. 유령님 말씀이 옳아요. 아무도 그 얘기를 부정할 수는 없지요!"

스크루지가 흐느꼈다.

"그런데 훗날 결혼을 하고 나서 죽었지. 아이가 있었던 것 같은데?"

유령이 물었다.

"네, 자식을 하나 낳았지요."

"그래, 그 아이가 자네의 조카지!"

유령이 말했다.

스크루지는 마음이 불편한 듯 "네." 하고 짧게 대답했다.

유령과 스크루지는 곧 학교를 떠나 도시의 큰길가로 나왔다. 그곳에는 환영처럼 보이는 행인들이 분주히 오갔고, 짐수레와 마차들이 요란한 소리를 내며 달려갔다. 그야말로 도시의 분주함과 소음이 여실히 느껴지는 거리였다. 알록달록한 장식물로 화려하게 장식된 가게들을 보니 그곳 역시 크리스 마스 때인 것을 알 수 있었다. 이번에는 저녁나절이라 거리의 가로등들이 환한 불을 밝히고 있었다.

유령이 커다란 상점 앞으로 다가가 걸음을 멈추었다. 그리 고는 스크루지에게 그 상점을 아느냐고 물었다.

"그럼요, 알다마다요. 제가 수습 직원으로 처음 일을 배운 곳인걸요."

유령과 스크루지는 상점 안으로 들어갔다. 웨일스 풍의 가 발을 쓴 점잖은 노인이 꽤 높다란 책상에 앉아 일을 보고 있 었다. 만약 노인의 키가 5센티미터만 더 컸더라도 천장에 머 리가 닿을 것처럼 보였다. 스크루지가 휘둥그레진 눈으로 소 리쳤다.

"어이쿠, 이럴 수가! 페치위그 영감님이에요. 오, 페치위그 영감님이 다시 살아나시다니!"

그 때 페치위그 영감이 펜을 내려놓고 시계를 올려다보았 다. 시곗바늘은 7시를 가리키고 있었다. 그는 손바닥을 비비 며 헐렁한 조끼의 옷매무새를 가다듬더니 발끝에서 자비심 넘치는 심장에 이르기까지 온 몸으로 웃음을 터뜨렸다. 그리 고는 인자하면서도 굵직한 목소리로 누군가를 소리쳐 불렀 다.

"이보게들, 에브니저! 딕!"

어느새 어엿한 청년으로 자라난 스크루지가 동료 점원과 함께 재빨리 달려왔다.

"맞아요, 딕 윌키스!"

스크루지가 다시 소리쳤다.

"맙소사, 딕을 보다니! 우린 무척 사이좋은 친구였죠. 오, 가엾은 딕! 세상에나!"

스크루지의 목소리가 흥분돼 있었다.

"자네들, 오늘은 그만 일하고 퇴근하게. 크리스마스이브잖나. 그래, 내일이면 크리스마스야. 에브니저, 어서 문을 닫게! 딕, 서두르라고!"

페치위그 영감이 손뼉까지 쳐가며 외쳤다.

두 젊은이가 얼마나 날쌔게 문을 닫으러 달려갔는지, 아마 여러분은 직접 보고도 믿기 어려웠을 것이다. 그들은 하나, 둘, 셋에 무거운 덧문을 들고 밖으로 달려 나갔다. 넷, 다섯, 여섯에는 덧문을 제자리에 정확히 끼웠고 일곱, 여덟, 아홉에는 빗장을 가로질러 자물쇠로 삼았다. 그리고 다음에는 열둘을 채 헤아리기도 전에 경주마처럼 숨을 헐떡이며 다시 상점 안으로 돌아왔다.

"야호! 여보게들, 이곳도 깨끗이 치우게. 최대한 널찍한 공간을 만들어야 하네. 딕! 에브니저!"

페치위그 영감은 이렇게 소리치며 높다란 책상 의자에서 훌쩍 뛰어내렸다.

상점 안은 순식간에 치워졌다. 페치위그 영감이 지켜보는 가운데 치워지지 않는 것도 없고, 치우지 못할 것도 없었다. 눈 깜짝할 새 일이 마무리되었다. 두 젊은이들은 상점 안의 물건들을 다시는 사용하지 않을 것처럼 한쪽 구석으로 깨끗이 치워두었다. 또한 그들은 후다닥 빗질을 한 뒤 물청소를 했다. 전등불을 더욱 환하게 밝혔고, 난로에는 석탄도 넉넉히 넣어두었다. 그러자 상점 안이 놀라운 변신을 이루었다. 추운 겨울밤에 누구라도 부러워할 만한 아늑하고 따뜻하며 유쾌한 무도회장으로 탈바꿈한 것이다.

그 때 바이올린 연주자가 악보를 들고 나타나 페치위그 영감의 높다란 책상 쪽으로 다가갔다. 그리고는 책상을 관현악단인 양 바라보면서 위통을 앓는 듯한 괴상한 소리를 50여 번이나 내며 바이올린 음을 조율했다. 이어 페치위그 부인이 밝은 미소를 머금으며 무도회장으로 들어왔다. 그 뒤로는 페치위그 영감의 사랑스러운 세 딸들이 주위를 환하게 만들면서 입장했다. 그뿐 아니었다. 세 딸들 때문에 애간장을 태우는 여섯 명의 젊은이들이 잇달아 따라 들어왔고, 상점에서 일하는 모든 남녀들이 하나둘 모습을 드러냈다. 하녀는 제빵사 사촌과 함께, 요리사는 자기 오빠의 친한 친구인 우유 배달부를 데리고 등장했다. 자기 여주인에게 툭하면 귀를 잡아 뜯긴다는 옆집 하녀도 왔는데, 그녀 뒤에는 주인에게 냉대를 받는다고 소문난 길 건너편 상점의 점원 소년도 몸을 숨긴 채 슬금슬금 따라왔다. 그렇게 많은 사람들이 한 사람 한 사람 무도회장에 도착했다.

　어떤 사람은 당당한 표정이었고, 어떤 사람은 부끄러운 양 머쓱한 낯빛이었다. 어떤 사람은 어색해하고, 어떤 사람은 뻔뻔스러울 정도로 자연스러웠으며, 또 어떤 사람은 한눈에 봐도 우아하기 그지없었다. 여하튼 모두 다양한 모습으로 무도회장에 들어섰다. 잠시 뒤 그들은 일제히 춤을 추기 시작했다. 무려 스무 쌍이나 되는 사람들이 손에 손을 맞잡고 한꺼번에 이리저리 몸을 움직였다. 그들은 무도회장 가운데로 모여들었다가 바깥쪽으로 물러섰고, 때로는 빙그르르 맴을 도는 등 저마다 아름다운 춤사위를 선보였다. 그러다가 서로에게 호의를 가진 남녀가 파트너를 이루었다. 그런데 처음 선두에 섰던 커플이 자꾸 잘못된 지점을 도는 탓에 잠깐이나마 무도회장에 작은 소란이 일었다. 따라서 이내 다른 커플이 선두에 나섰고, 다시 춤이 시작됐다. 얼마나 흥에 겨웠던지, 나중에는 모든 커플이 선두에 나서는 바람에 조용히 뒤를 따르는 커플이 하나도 보이지 않을 정도였다. 그러자 페치위그 영감이 손뼉을 쳐서 춤을 멈추게 하고는 큰 소리로 외쳤다.

"잘했어요, 아주 멋졌어!"

바이올린 악사는 신나게 연주를 하느라 열이 올라서 얼굴이 발갛게 달아올라 있었다. 그는 그와 같은 경우를 대비해 미리 준비해두었던 흑맥주 통에 거의 머리를 처박다시피 하더니 벌컥벌컥 들이켰다. 그런 다음 그는 아직 쉴 때가 아니라는 듯, 춤을 추려는 사람도 없는데 금세 음악을 연주하기 시작했다. 그 모습이 어찌나 열정적이었던지, 방금 전의 악사는 파김치가 되어 실려 나가고 새 악사가 들어와 전임자보다 더욱 열심히 바이올린을 켜는 것처럼 보였다.

무도회장의 사람들은 다시 춤을 췄다. 잠시 벌금놀이를 하기도 했지만, 그들은 이내 또다시 춤을 추었다. 그들을 위해 케이크와 충분한 양의 니거스(일종의 술로 포도주에 더운 물과 설탕, 레몬 등을 넣은 음료 – 옮긴이 주), 차갑게 식힌 고기구이 요리와 찜 요리, 민스파이가 잇달아 나오고 맥주도 넉넉히 제공되었다. 그런데 그 날 저녁 최고의 순간은 따로 있었다. 그것은 고기구이와 찜 요리 등을 맛있게 먹은 다음 악사가(주목! 그는 누가 굳이 귀엣말을 건네지 않아도 약삭빠르게 자기가 할 일을 해내는 사람이었다.) 〈로저 드 코벌리〉를 연주했을 때였다. 그 음악을 듣자마자 페치위그 영감 내외가 춤을 추기 위해 앞으로 나섰다. 그러니까 그들이 선두 커플이었다. 그것은 노부부에게 여간 힘든 일이 아니었다. 그냥 유유히 즐기기보다 온 몸의 열정을 다해 춤을 추려는 스무 쌍의 젊은이들을 앞에서 이끄는 것이 생각보다 훨씬 힘들었기 때문이다.

그럼에도 페치위그 영감은 그 상황을 기꺼이 받아들였다. 사람들이 두 배, 아니 네 배쯤 많았다고 해도 마찬가지였을 것이다. 그 점은 페치위그 부인도 다를 바가 없었다. 부인은 어느 모로 보나 페치위그 영감의 완벽한 배우자였다. 만약 부인에 대해 이보다 더한 찬사가 있다면 내게 알려주기를. 주저 없이 그 표현을 사용하겠다. 춤을 추는 페치위그 영감의 장딴지에서 환한 빛이 쏟아져 나오는 것 같았다. 무슨 동작을 하든지 그의 장딴지는 달빛처럼 밝게 반짝였다. 그가 언제 어떤 춤사위를 선보일는지 도무지 짐작조차 할 수 없었다. 페치위그 내외는 재빨리 앞으로 나갔다가 뒤로 물러섰으며, 서로 두 손을 맞잡았다가 허리와 무릎을 굽혀 인사를 하기도 했다. 또 소라껍데기처럼 빙빙 맴을 돌다가 맞잡은 손을 치켜들어 다른 커플들이 그 아래로 빠져나가게 하더니 금방 제자리로 돌아오고는 했다. 그렇게 한동안 춤을 춘 페치위그 영감은 마무리까지 멋지게 했다. 그는 공중으로 살짝 뛰어올라 두 발을 엇갈리게 한 다음 흔들림 없이 사뿐히 바닥에 내려섰는데, 두 다리가 마치 윙크를 하는 것처럼 보였다.

무도회는 시계가 밤 11시를 가리키고 나서야 끝났다. 페치위그 내외는 출입구 양쪽에 각각 자리를 잡고 서서 밖으로 나가는 사람들과 일일이 악수를 나누며 "메리 크리스마스!" 하고 인사를 건넸다. 그렇게 사람들이 돌아가고, 페치위그 내외는 마지막까지 남아 있던 2명의 수습 직원들에게도 똑같이 인사했다. 잠시 뒤 명랑한 목소리들이 전부 사라지고 두 젊은이만 남자, 그들은 상점 뒤편 계산대 밑에 마련해둔 자신들의 잠자리로 향했다.

그와 같은 장면이 눈앞에 펼쳐지는 동안, 스크루지는 넋이 나간 사람처럼 행동했다. 그의 이성과 감성은 온통 그 시절의 추억으로 가득 차 매순간 과거의 자신과 함께했다. 그는 당시의 일들을 일일이 확인하고 즐거워했으며, 때때로 묘한 흥분에 휩싸이기도 했다. 스크루지는 지난날의 자신과 딕의 해맑은 얼굴이 사라지고 나서야 잠시 잊고 있었던 유령의 존재를 새삼 깨달았다. 그동안 유령은 머리 위의 빛을 환하게 내뿜으며 줄곧 스크루지를 바라보고 있었다.

"이런 사소한 행위로 사람들을 감동시키기는 쉽지."

유령이 말했다.

"사소한 행위? 쉽다고요?"

스크루지가 유령에게 반문했다.

유령은 두 수습 직원들이 하는 이야기를 들어보라며 스크루지에게 손짓했다. 두 젊은이는 너나없이 페치위그 영감에 대해 좋은 말을 쏟아내고 있었다. 스크루지가 그들에게 귀를 기울이자, 유령이 다시 입을 열었다.

"어때, 그렇지 않아? 페치위그 영감은 너희들에게 고작 인간 세상의 돈을 몇 파운드 썼을 뿐이야. 아마 삼사 파운드 정도 될는지 모르지. 그만한 행위로 저런 칭찬을 듣다니, 좀 과분하지 않아?"

"그렇지 않아요. 그게 전부가 아니에요!"

스크루지는 유령의 말에 벌컥 화가 났다. 그는 스스로 느끼지 못하는 사이에 과거의 자신이 되어 말을 이었다.

"페치위그 영감님은 우리를 행복하게도, 불행하게도 만들수 있는 힘이 있었어요. 우리가 하는 일을 가볍거나 무겁게 변화시킬 수 있었지요. 우리의 일이 기쁨이 될지, 고통이 될지 그분에게 달려 있었다고요. 그래요, 기껏 말이나 표정으로 드러나는 그분의 힘이 사소하고 보잘것없어 일일이 헤아리거나 더할 수 없는 것이라고 칩시다. 그래서 어쨌다는 겁니까? 그분이 우리에게 준 행복은 제아무리 많은 돈을 줘도 살 수 없는 위대한 것이었는데 말이에요."

순간 스크루지는 자신을 빤히 바라보는 유령의 시선을 느끼고 말문을 닫았다.

"왜 그러나?"

유령이 물었다.

"별일 아닙니다."

스크루지가 대답했다.

"아니, 뭔가 할 얘기가 있는 것 같은데?"

유령은 쉬 물러서지 않았다.

"아닙니다, 아니요. 다만 제 사무실에서 일하는 직원에게 지금 한두 마디라도 따뜻한 말을 건넬 수 있으면 좋겠다는 생각이 들었을 뿐이에요. 정말 그뿐입니다."

스크루지가 말했다.

그 때, 과거의 스크루지가 전등불을 껐다. 유령과 스크루지는 다시 바깥으로 나와 허공에 나란히 섰다.

"내 시간이 얼마 남지 않았군. 어서 서둘러야겠어."

유령이 말했다.

사실 그것은 스크루지에게 한 말이 아니었는데, 즉각 효력을 발휘했다. 스크루지가 다시 과거 자신의 모습과 마주하게 되었기 때문이다. 그는 이제 나이가 좀 더 들어 인생의 황금기를 맞고 있었다. 그의 인상은 지금만큼 고지식해 보일 정도는 아니었지만, 서서히 탐욕의 기미를 띠며 근심의 그늘도 지고 있었다. 특히 갈망과 욕심으로 쉴 새 없이 흔들리는 그의 눈동자에는 각박한 세상에서 살아남고자 했던 욕망의 나무가 뿌리를 내리고 있었다.

과거의 스크루지는 혼자가 아니었다. 그의 곁에는 상복을 입은 어여쁜 젊은 여인이 앉아 있었다. 여인의 눈에 눈물이

고여 유령이 내뿜는 빛에 반짝거렸다.

"이제 당신에게는 별 다른 의미가 없을 거예요. 네, 더 이상 아무것도 아닐 테지요. 다른 우상이 제가 있던 자리를 차지했으니까요. 제가 그랬듯이, 그 우상이 앞으로 당신에게 힘을 주고 위안이 된다면 저는 슬퍼할 이유가 없어요."

그녀가 나직한 목소리로 말했다.

"도대체 당신의 자리를 어떤 우상이 차지했다는 거야?"

스크루지가 따지듯이 물었다.

"황금이라는 우상이지요."

"거참, 이래서 세상이 공평하다는 건가? 가난만큼 고통스러운 것이 없는데, 부를 추구한다고 해서 이토록 가혹하게 비난을 받아야 하다니 말이야!"

"당신은 세상의 평가를 지나치게 두려워해요. 세상의 야비한 비난이 두려워서 다른 모든 소중한 소망들을 놓아버렸단 말이에요. 저는 그동안 당신의 고귀한 영혼이 조금씩 시들어가는 것을 지켜봐왔어요. 이제 황금이 당신을 독점하게 되었지요. 제 말이 틀렸나요?"

여인이 차분한 말투로 얘기했다.

"그래서 뭐가 어떻다는 건데? 설령 내가 속물이 되었다 한들 문제될 것은 하나도 없어. 당신을 향한 내 마음은 조금도 변하지 않았으니까."

스크루지의 반박에 여인이 고개를 가로저었다.

"그럼 내가 달라졌다는 건가?"

"우리가 약혼했던 것은 이미 오래 전 일이에요. 당시에는 우리 둘 다 가난했지만 열심히 노력하면 좋은 시절이 올 거라고 믿어 의심치 않았어요. 재산은 정직하고 성실하게 일해서 조금씩 불려나가면 된다고 생각했지요. 그런데 어느 순간 당신이 변했어요. 우리가 약혼했을 때, 당신은 지금과 전혀 다른 사람이었단 말이에요."

"그 시절엔 내가 세상 물정을 몰랐지."

과거의 스크루지가 초조한 낯빛으로 말했다.

"지금의 당신이 옛날과는 너무나 다르다는 것을 스스로도 느낄 거예요. 전 예전 그대로예요. 우리가 한 마음으로 행복을 꿈꾸던 때가 지나고 이제 둘로 갈라졌다고 생각하니 괴롭기 짝이 없군요. 제가 얼마나 오랜 시간 이 문제로 고민하며 속을 끓여왔는지는 일일이 설명하지 않을게요. 그처럼 지금까지 아파한 덕분에 비로소 당신을 놓아드릴 수 있게 되었으니까요. 그걸로 충분해요."

여인의 말투는 담담했다.

"나는 놓아달라고 한 적이 없어."

"네, 말로는 하지 않았지요. 맞아요."

"그럼 내가 어떤 식으로 그런 요구를 했단 말인데?"

"옛날과 완전히 달라진 성격으로요. 놀랍도록 변해버린 당신의 영혼과 삶에 대한 태도로 말이에요. 당신은 언젠가부터 공공연히 얘기하는 대단한 목표 때문에 꿈마저 변질시켰어요. 제 사랑의 가치와 의미를 판단하는 당신의 시각마저 이제 영 낯설어졌지요. 만약 우리가 약혼하지 않았더라면······."

그녀는 여전히 부드러웠지만 단호한 시선으로 스크루지를 바라보았다.

"말해보세요. 우리가 약혼한 사이가 아니더라도 당신이 저를 한결같이 연인으로 대할까요? 아니요, 아마 그렇지 않을 거예요!"

스크루지는 여인의 말이 워낙 차분하고 조리 있어 자기도 모르게 수긍하는 듯한 표정을 지어 보였다. 하지만 입으로는 결코 물러서지 않으려고 했다.

"원, 그런 어처구니없는 말을 하다니!"

"저라고 왜 달리 생각하고 싶지 않겠어요. 하나님께 맹세할 수 있어요! 그러나 제가 진실을 깨우쳤을 때, 그것은 결코 거역할 수 없는 것이었지요. 당신이 오늘, 내일, 아니 지난날이더라도 자유의 몸이었다면 지참금 한 푼 가져오지 못하는 저를 선택했을 것이라고 믿을 수 있을까요? 모든 것의 가치를 돈으로 계산하는 당신이 아무리 사랑스런 여자라도 배우자 감으로 골랐겠느냐 말이에요? 그래요, 당신이 한순간 자신의 원칙을 거스르며 저 같은 여자를 선택할 수도 있겠지요. 하지만 금세 아쉬워하며 후회하게 되리라는 것을 제가 모르겠어요? 바로 그와 같은 이유로 당신을 놓아드리려는 거예요. 조금의 거짓도 없이, 예전에 당신을 사랑했던 그 마음으로요."

여인의 말에 스크루지가 대꾸를 하려고 입술을 실룩거렸다. 그러나 그녀는 스크루지를 외면한 채 말을 이었다.

"아마 당신도 이별 때문에 잠시 괴로울 테지요. 우리가 함께했던 지난날의 기억을 떠올려보면, 솔직히 당신이 그래주기를 바란다는 말이 더 바람직하겠네요. 하지만 당신은 아주 잠깐 아파하다가 저와 나누었던 추억을 깡그리 떨쳐버릴 게 틀림없어요. 아무런 이익도 남지 않는 한때의 몽상으로 치부하며 차라리 잘된 일이라고 여길 거예요. 이제 저는 당신이 스스로 선택한 삶의 방식으로 행복하게 살아가기를 바랄 따름이에요!"

그렇게 여인은 스크루지를 떠나갔다.

"유령님, 제발! 더 이상 아무것도 보고 싶지 않아요. 그만 저를 집으로 데려가주세요. 이토록 제가 괴로워하면 즐거우신가요?"

스크루지가 간절히 애원했다.

"아니, 아직 보아야 할 환영이 하나 더 있네!"

유령이 큰 소리로 말했다.

"싫어요, 제발 그만두세요! 더는 아무것도 보고 싶지 않단 말입니다!"

스크루지가 비명을 지르듯 외쳐댔다.

그러나 유령은 자비를 베풀지 않았다. 유령은 스크루지의 양 팔을 꽉 붙들어 다음에 일어나는 일을 억지로 지켜보게 했다.

어느새 유령과 스크루지는 다른 환영이 펼쳐지는 장소에 와 있었다. 그곳은 매우 넓거나 화려하지는 않아도 아늑함이 느껴지는 방 안이었다. 벽난로 가까이 어여쁜 소녀가 앉아 있었다. 그녀는 먼젓번 장면에서 보았던 여인과 무척 닮아 같은 사람이라는 생각이 들 정도였다. 하지만 맞은편에 앉아 있는 우아한 중년 부인이 다름 아닌 그녀였고, 어여쁜 소녀는 그녀의 딸이었다. 방 안은 소란스러웠다. 스크루지가 심난한 마음으로 헤아릴 수 있는 것보다 더 많은 아이들이 그곳에 있었기 때문이다. 이름난 시 구절에서(영국 낭만주의 시인 윌리엄 워즈워스의 시 〈3월에 쓴 시〉에 나오는 구절 ─ 옮긴이 주) 묘사했듯 40명의 아이들이 가축 떼처럼 한 사람인 양 행동하는 것이 아니라, 아이들 하나하나가 저마다 40명은 되는 것처럼 난리법석을 떨고 있었다. 그 바람에 방 안은 믿을 수 없을 만큼 시끄러웠지만 아무도 신경쓰지 않는 듯 보였다. 외려 어머니와 딸은 웃음까지 터뜨리며 그런 소란을 즐기는 참이었다. 잠시 뒤 딸도 아이들에 뒤섞여 장난을 치기 시작했는데, 곧 인정사정없는 어린 악당들에게 약탈을 당하는 신세가 되고 말았다. 나를 저기에 끼워준다면 무엇을 준들 아까울까! 물론 나는 그 장난에 끼어들어도 그렇게 무례한 행동을 하지는 못할 것이다. 그럼, 그렇고말고! 설령 이 세상의 재물을 모두 준다고 해도 예쁘게 땋은 소녀의 머리카락을 헝클어뜨리며 마구 짓밟을 수는 없는 노릇이었다. 또한 저 귀엽고 자그마한 구두를 그토록 매정하게 잡아챌 수는 없는 일이었다. 하나님, 제 영혼을 축복해주소서! 어디 그뿐이랴. 나는 짓궂은 아이들처럼 소녀의 허리에 매달려 멋대로 장난을 쳐대는 행동 따위는 결코 하지 않았을 것이다. 만약 그랬다가는 팔이 흉하게 휘어져 두 번 다시 곧게 펴지지 않는 벌을 받는다고 해도 불평을 늘어놓지는 못할 것이다. 하지만 분명히 말하건대, 소녀의 입술을 한 번이라도 직접 만져볼 수 있다면 더 바랄 나위가 없다고 생각했다. 소녀에게 괜한 질문이라도 던져 그 입술이 살짝 벌어지는 모습을 보게 된다면, 소녀가 부끄러워하지 않게 슬그머니 아래로 내리깐 속눈썹을 한참 바라보게 된다면, 단 1센티미터도 함부로 값을 매길 수 없는 소녀의 물결치는 머리카락을 풀어헤쳐보게 된다면 나는 하늘을 날 듯 기쁠 것 같았다. 다시 말해 나는 아이들이 갖는 특권을 마음껏 누리되, 그 가치를 충분히 아는 사람이고 싶었다.

그 때 밖에서 문을 두드리는 소리가 들렸다. 아이들이 일제히 문 쪽으로 달려갔다. 소녀 역시 얼굴이 붉게 달아오를 만큼 들뜬 아이들에게 둘러싸여 옷자락이 끌리면서 문 가까이 휩쓸려갈 수밖에 없었다. 그렇게 소녀는 얼떨결에 아버지를 맞이하게 되었다. 아이들의 아버지는 크리스마스 장난감과 선물을 가득 짊어진 짐꾼을 데리고 집으로 돌아왔다. 그 모습을 본 아이들은 순식간에 요란한 고함을 쳐대면서 한달음에 짐꾼에게 올라붙어 맹렬한 공격을 해댔다. 아이들은 곁에 놓여 있던 의자를 사다리삼아 무방비 상태의 짐꾼 몸에 기어오르더니 이곳저곳 주머니를 마구 뒤지기 시작했다. 짐꾼이 들고 있던 갈색 포장지의 선물 꾸러미를 빼앗고, 그의 넥타이를 거세게 잡아당기기도 했다. 나아가 몹시 흥분한 나머지 짐꾼의 목을 껴안고 등짝을 주먹으로 쾅쾅 때리면서 다리에 발길질까지 해대는 것이 아닌가. 그리고는 선물 꾸러미를 하나씩 풀어 젖히며 놀라움과 기쁨이 담긴 환호성을 질러댔다! 바로 그 때, 놀라운 이야기가 들려왔다. 아기가 인형놀이용 장난감 프라이팬을 입에 넣으려고 했는데 간발의 차이로 막아냈다는 소식이었다. 또한 아기가 뒤이어 나무 접시에 장식으로 붙어 있는 가짜 칠면조를 삼켜버린 것 같다는 까무러칠 소식이 들려오기도 했지만, 이내 잘못 전달된 이야기로 밝혀져 안도의 한숨을 내쉬게 했다. 그 기쁨과 감사와 희열이라니! 그런 심정을 말로 다 표현할 수는 없는 법이다. 얼마 후 아이들이 하나둘 거실을 지나 위층으로 가는 계단을 올라가면서 흥분과 소란도 빠르게 잦아들었다. 아이들이 잠자리에 들고 나서야 주위는 고요해졌다.

그제야 그 집의 아버지는 자신의 몸에 다정하게 기댄 딸과 함께 아내가 있는 난롯가로 다가가 앉았다. 스크루지는 그 광경을 유심히 지켜보았다. 어쩌면 그토록 어여쁘고 앞날이 창창한 소녀가 자기를 보고 아버지라고 부를 수도 있지 않았을까, 매서운 북풍이 휘몰아치는 삶에 따뜻한 봄바람이 불게 해 주지는 않았을까 하는 생각이 스크루지를 힘들게 했다. 문득 그의 눈시울이 촉촉해지면서 눈앞이 흐릿했다.

"벨, 오늘 오후에 당신의 옛 친구를 보았소."

남편이 미소 띤 얼굴로 아내를 바라보며 말했다.

"옛 친구라니, 누구요?"

"한번 맞춰봐요!"

"그걸 어떻게 알아요? 모르겠는걸요. 아……!"

아내는 처음에 갈피가 잡히지 않았지만 이내 한 사람이 떠올랐다. 여전히 미소를 잃지 않고 있는 남편을 따라 그녀도 슬며시 웃음 지으며 말을 이었다.

"스크루지 씨로군요."

"맞아, 스크루지 씨였소. 오후에 그의 사무실 옆을 지나갈 일이 있었는데, 창문을 열어두고 안에 촛불을 켜놓아 자연스레 눈길이 갈 수밖에 없었지. 마침 얼마 전 스크루지 씨의 동업자가 병상에 누워 오늘내일 한다는 말을 들은 것이 생각나더군. 사무실에 홀로 앉아 골똘히 일에 몰두하고 있는 그의 모습이 정말 외톨이처럼 보이더라고.”

그 때 남편과 아내를 지켜보던 스크루지가 불편한 기색으로 소리쳤다.

“유령님, 제발 저를 이곳에서 벗어나게 해주세요!”

“이건 과거의 환영일 뿐이네. 실제로 일어났던 일들을 그대로 보여주는 것이니 나를 탓하지는 말게!”

유령이 담담히 말했다.

“부디 저를 다른 곳으로 데려가주세요! 더는 견디기 힘들단 말이에요!”

스크루지가 다시 한 번 큰 소리로 외쳤다. 그러면서 그는 유령을 노려보다가 이상한 장면을 목격하게 되었다. 유령의 얼굴에 그동안 스크루지가 보았던 모든 이들의 얼굴이 조각조각 파편처럼 엉겨 붙어 있었던 것이다.

“날 그만 내버려둬! 돌려보내달란 말이야! 더 이상 나를 괴롭히지 마!”

스크루지의 거센 항의에도 유령은 아무런 반응을 보이지 않았다. 따라서 그 상황을 몸싸움이라고 정의할 수 있을지는 모르겠으나, 어쨌거나 둘이 한참 몸싸움을 벌였다고 생각하던 스크루지가 문득 고개를 들어보니 유령의 빛이 머리 위로 치솟으면서 환하게 타오르고 있었다. 순간 스크루지는 유령의 힘이 그 빛과 관련 있고, 또 유령의 모자로 그것을 제어할 수 있지 않을까 하는 생각이 스쳐 지나갔다. 그래서 얼른 유령의 모자를 움켜쥐어 머리 위에 덮어씌웠다.

놀랍게도, 유령은 순식간에 모자 밑에서 움츠러들었다. 얼마 지나지 않아 유령은 모자에 완전히 덮인 꼴이 되고 말았다. 다만 스크루지가 안간힘을 다해 모자를 눌렀는데도 그 밑으로 쉴 새 없이 빛이 쏟아져 나와 바닥에 퍼지는 것은 막을 도리가 없었다.

스크루지는 온 몸의 기운이 전부 빠져나가는 느낌이 들었다. 나아가 마구 졸음이 쏟아지더니, 어느새 자신의 침실로 돌아오게 된 것을 깨달았다. 스크루지는 마지막까지 모자를 짓누르고 있던 힘을 스르르 풀었다. 그리고는 허정거리며 침대로 가서 깊은 잠에 빠져들었다.

제3장

두 번째 유령

스크루지는 요란하게 코를 골며 잠을 잤다. 그러다가 퍼뜩 잠에서 깨어 침대에 앉은 채 골똘히 생각에 잠겼다. 그는 누가 알려주지 않아도 곧 종소리가 새벽 1시를 알릴 것이라는 사실을 알았다. 스크루지는 제이콥 말리의 예언대로 만나게 될 두 번째 유령이 찾아올 시간에 맞춰 절묘하게 잠이 깼다는 생각이 들었다. 그는 새로 만나게 될 유령이 과연 침대의 어느 쪽 커튼을 열어젖히며 나타날 것인지 궁금해 하다가 등골이 오싹해지는 것을 느꼈다. 그래서 스크루지는 커튼을 자기 손으로 노소리 거둬 두고 다시 침대에 누워서 날카로운 눈으로 주변을 경계했다. 그는 유령을 당당하게 맞이하고 싶었다. 두려움에 화들짝 놀라 우왕좌왕하는 모습을 보이고 싶지 않았다.

흔히 허세부리기 좋아하는 신사들은 자신의 능력을 과시하기 위해 동전 따먹기 놀이부터 사람을 죽이는 것에 이르기까지 무엇이든 잘해낼 수 있다고 떠벌이고는 한다. 분명 동전 따먹기 놀이와 사람을 죽이는 양 극단 사이에는 매우 다양한 각종 문제와 모험들이 산재해 있는데 말이다. 나는 스크루지가 그런 부류의 인간이라고 판단하지는 않는다. 그럼에도 그가 어떤 괴상야릇한 몰골의 유령이라도 기꺼이 만날 준비가 되어 있으며, 갓난아기든 코뿔소든 무엇이 나타나더라도 까무러칠 만큼 놀라지는 않을 것이라는 점을 알아달라고 여러분에게 부탁하는 바이다.

스크루지는 무엇이든 맞이할 각오가 단단히 되어 있었다. 하지만 아무것도 나타나지 않을 경우에 대해서는 아무런 준비도 되어 있지 않았다. 결국 새벽 1시를 알리는 종소리가 울리고 어떤 존재도 등장하지 않았을 때, 그는 온 몸을 부들부들 떨며 격한 감정에 사로잡혔다. 5분, 10분, 15분이 흘렀지만 아무것도 나타나지 않았다. 그 시간 동안 스크루지는 새벽 1시 무렵부터 비치기 시작한 붉은 불빛에 감싸인 자신의 침대에 누워 있었다. 그는 그 불빛이 한 무리의 유령이 한꺼번에 나타난 것보다 더 두려웠다. 비록 한 줄기 빛일 따름이지만 그것이 무엇을 의미하는지, 어떻게 대처해야 하는지 전혀 알 수가 없었기 때문이다. 아울러 불현듯 미처 알아채지도 못하는 사이에 자연발생적으로 불길이 타올라 자신이 잿더미가 되어버리는 것은 아닐까 하는 불안감이 스멀거리기도 했다. 그제야 스크루지는 여러분이나 나라면 진작부터 가졌을 법한 생각을 하기 시작했다. 하기야 사람이란 존재는 자신이 직접 곤경에 빠지지 않아야 오히려 어떻게 행동해야 바람직한지 효율적으로 판단하지 않는가. 또한 그런 곤경 밖에 있어야 자기는 항상 어떤 문제든지 확실하게 해치울 것처럼 떠들어대지 않는가. 여하튼 스크루지는 마침내 기괴한 불빛의 근원과 비밀이 문으로 연결된 옆방에 있을지도 모른다는 생각이 들었다. 그리고 좀 더 자세히 빛을 살펴보니, 정말 그곳에서 새어나오는 것이 틀림없어 보였다. 스크루지는 살그머니 자리에서 일어나 슬리퍼를 질질 끌며 문으로 다가갔다.

스크루지의 손이 문고리에 닿자마자, 그의 이름을 부르며 안으로 들어오라는 낯선 목소리가 들렸다. 스크루지는 조용히 그 말을 따랐다.

그곳은 스크루지의 방이었다. 그 사실은 의심할 여지가 없었다. 하지만 방 안의 모습은 놀라울 정도로 바뀌어 있었다. 무엇보다 벽과 천장을 식물들이 뒤덮어 마치 숲에 들어온 것 같은 착각이 들었다. 온갖 열매들이 빛을 받아 반짝거렸고, 파릇파릇한 녹색의 생명체가 여기저기 매달려 있었다. 특히 호랑가시나무와 겨우살이, 담쟁이덩굴의 싱싱한 이파리들이 빛에 반짝거려 마치 방 안에 자그마한 거울들을 잔뜩 늘어놓은 것 같았다. 벽난로는 스크루지가 사용하던 내내, 그전에 말리가 살았을 적에도 겨우내 자리만 차지하고 있던 것과 달리 거세게 날름거리는 불꽃을 굴뚝 쪽으로 힘껏 밀어 올리고 있었다. 그런 광경은 처음이었다. 또한 바닥에는 칠면조와 거위 요리를 비롯해 소고기, 닭고기, 돼지고기, 정체를 정확히 알 수 없는 고기의 뒷다리, 통돼지구이, 진주목걸이마냥 주렁주렁 묶여 있는 소시지 더미, 민스파이, 자두 푸딩, 굴이 담긴 큼지막한 통, 군밤, 새빨간 사과, 상큼한 즙이 풍부한 오렌지, 달콤한 향기가 나는 배, 굉장한 크기의 주현절(가톨릭 및 감리교회에서 기념하는 1월 6일의 축일로, 예수가 30회 생일에 세례를 받고 하나님의 아들로 공인받은 것을 기념하는 날 – 옮긴이 주) 케이크 등이 왕좌처럼 높다랗게 쌓여 있었다. 그 곁에는 널찍한 그릇에 담겨 부글부글 끓어오르는 펀치도 보였는데, 거기에서 나오는 향기로운 김이 방 안에 가득 서려 있었다. 그 사이로 가만 살펴보니, 유쾌해 보이는 거인이 아주 편안한 자세로 의자에 앉아 있었다. 한눈에 봐도 거인의 모습을 한 유령이었다. 유령은 풍요의 뿔(그리스신화에 등장하는 뿔로, 무한한 음식과 풍요를 상징함 – 옮긴이 주)과 비슷하게 생긴 활활 타오르는 횃불을 들었는데, 그것을 더 높이 치켜들어 문 앞에서 쭈뼛거리고 있는 스크루지를 비췄다.

"이리 오거라. 가까이 다가와서 나를 더 자세히 살펴보아라!"

유령이 말했다.

스크루지는 머뭇머뭇 유령 앞으로 가서 머리를 조아렸다. 예전에 완고하기 짝이 없던 스크루지의 모습은 찾아보기 힘들었다. 언뜻 유령의 눈빛이 다정해 보이기도 했지만, 스크루지는 그와 시선이 마주치는 것을 꺼렸다.

"나는 현재의 크리스마스 유령이다. 고개를 들어 나를 보거라."

유령이 말했다.

스크루지는 다소곳한 자세로 그 말을 따랐다. 유령은 가장자리를 흰 털로 장식한 초록색 망토 같은 것을 걸치고 있었다. 그 옷이 어찌나 헐렁한지 유령의 넓은 가슴이 훤히 드러나 보였다. 유령은 자신의 몸을 일부러 가리거나 숨길 이유가 없다고 여기는 듯했다. 넉넉하게 주름 잡힌 옷자락 아래의 두 발도 맨살을 내보이기는 마찬가지였다. 또한 유령은 머리에 고드름이 달린 호랑가시나무 화관 말고 아무것도 쓰고 있지 않았다. 검은 갈색 빛을 띠며 길게 늘어뜨려진 유령의 곱슬머리는 아무렇게나 헝클어져 있었다. 그런 모습은 너그러운 얼굴과 반짝거리는 눈, 활짝 펼친 손, 호탕한 목소리와 거칠 것 없는 태도만큼이나 자유로운 분위기를 자아냈다. 허리춤에는 고풍스러운 칼집도 차고 있었는데, 정작 칼은 들지 않고 녹만 잔뜩 슬어버린 상태였다.

"아마 나 같은 유령은 처음 볼 걸!"

유령이 큰 소리로 외쳤다.

"네, 그렇습니다."

스크루지가 말했다.

"혹시 우리 가족 중에서 젊은 축에 속하는 유령을 만나본 적 없나? 그러니까 지난 몇 년 사이에 유령이 되어버린 내 형님들 말이야. 나는 그들에 비하면 어린 편이거든."

유령이 물었다.

"글쎄요, 그런 적은 없는 것 같은데요. 만나보지 못했어요. 유령님은 형제가 많으신가요?"

스크루지가 대답을 하며 되물었다.

"그럼, 천팔백 명은 넘지."

유령이 말했다.

"이런, 먹여 살리려면 죽어라 일해야겠군!"

스크루지가 혼잣말로 구시렁거렸다. 그 때 현재의 크리스마스 유령이 자리에서 일어났다.

"유령님, 어디든 원하시는 곳으로 데려가주세요. 지난밤에는 억지로 끌려 다닌다고 생각했지만 깨우친 것이 적지 않았지요. 그 교훈이 지금 효과를 발휘하고 있어요. 오늘 밤 제게 뭐라도 가르쳐주실 작정이라면, 확실히 가르침을 얻게 해주세요."

스크루지는 정중한 태도로 말했다.

"좋아, 내 옷을 잡아라!"

스크루지는 유령의 말을 듣자마자 재빨리 옷자락을 붙잡았다.

그와 동시에 호랑가시나무와 겨우살이, 담쟁이덩굴, 온갖 열매들, 칠면조와 거위 요리, 소고기, 닭고기, 돼지고기, 통돼지구이, 소시지, 파이, 푸딩, 굴, 군밤, 이런저런 과일, 케이크 등이 순식간에 사라져버렸다. 활활 타오르던 난롯불과 밤이라는 시간, 그리고 방까지 어디론가 홀연히 자취를 감춰버렸다. 스크루지와 유령은 이내 크리스마스 아침의 시내 거리에 서 있었다. 살을 에듯 몹시 추운 날씨였다. 사람들은 저마다 자기 집 앞의 눈과 지붕에 쌓인 눈을 치우느라 분주했다. 그 바람에 때로는 거친 소음이 일기도 했지만, 사람들은 불쾌해하기보다 기분 좋은 음악소리로 여겼다. 지붕에 쌓였던 눈이 길바닥에 한 아름 떨어져 눈보라를 일으키기라도 하면 아이들은 함성을 지르며 즐거워했다.

그런데 시내 거리의 집들은 꽤나 칙칙해 보였다. 여전히 지붕에 적지 않은 눈이 쌓여 있는데다, 행인들의 발걸음에 길바닥의 눈이 조금 지저분하게 변해버린 탓이었다. 창문들도 여기저기 뿌옇게 흐려져 있었다. 미처 치우지 못한 눈길로 마차와 수레들이 지나가 어지럽게 바퀴자국들이 패이기도 했다. 급기야 큰길이 교차하는 곳에는 그와 같은 골들이 얽히고설키면서 눈 녹은 물과 누런 진흙이 뒤범벅돼 아주 엉망이 되어버렸다. 때마침 하늘까지 어둑어둑 음침해졌고, 절반쯤은 얼어붙은 흐린 안개 때문에 얼마 떨어져 있지 않은 도로조차 제대로 분간하기가 어려웠다. 더구나 영국의 모든 굴뚝들이 약속이라도 한 듯 한꺼번에 불을 지펴 뿜어내는 엄청난 양의 검댕이가 비에 섞여 쏟아지기도 했다. 그야말로 날씨든 도시의 풍광이든 그다지 유쾌해 보일 만한 것은 없었다. 그럼에도 화창한 여름날의 공기나 햇살조차 아무리 잘난 척을 해도 비교되지 못할 만큼, 그 날의 거리에는 흥겨운 분위기가 가득 흘러넘쳤다.

지붕에 올라가 삽으로 눈을 퍼내던 사람들의 웃음소리가 크게 울려 퍼졌다. 그들은 신바람나게 눈을 치우다가 서로의 이름을 소리쳐 부르면서 이따금 눈싸움을 벌이기도 했는데, 누구의 몸에 눈덩이가 명중되기라도 하면 배꼽을 잡고 깔깔거렸다. 아니, 상대에게 눈덩이를 맞히지 못했을 때조차 웃음은 여지없이 터져 나왔다. 그 시각에도 닭고기와 칠면조고기를 파는 가게는 반쯤 문을 열어두고 있었다. 과일가게에 진열된 과일들은 매끄럽게 반짝거렸다. 소쿠리에 담긴 알밤이 배불뚝이 노신사의 조끼 모양같이 수북하게 쌓여 있기도 했는데, 그 중 몇 개씩은 더 이상 매달려 있지 못하겠다는 듯 길 바닥에 데굴데굴 굴러 떨어지기도 했다. 또 스페인 수도사처럼 불그스름하게 번들거리며 튼실하게 살이 오른 스페인 양파들도 잘 진열되어 있었다. 그 양파들은 선반에 자리를 잡고서 높이 묶어놓은 겨우살이를 흘끔거리거나 지나가는 아가씨들에게 괜히 엉큼한 윙크를 보내고는 했다. 배와 사과는 피라미드 모양으로 절묘하게 쌓여 있었다. 포도송이들은 주렁주렁 고리에 걸어 행인들의 눈에 잘 띄는 자리에 걸어두었는데, 그것은 군침이나마 공짜로 흘려보라는 가게주인의 넓은 마음씀씀이로 여겨질 만했다. 이끼가 가득 낀 개암도 먹음직스럽게 쌓여 있었다. 거기서 풍기는 향기는 지난날 숲에서 발목이 푹푹 빠지는 낙엽 더미를 헤치며 즐겁게 산책하던 추억을 떠올리게 만들었다. 통통하고 거무스름한 노픽(영국 동부의 지명 – 옮긴이 주) 사과는 빽빽이 진열된 즙이 풍부한 노란 오렌지와 레몬들 사이에서 얼굴을 내밀고 있었다. 그 모습을 가만히 보고 있노라면, 마치 "어서 저를 종이봉지에 담아 집으로 데려가주세요. 저녁식사 후 가족들의 맛있는 디저트가 될 거예요."라고 얘기하는 것 같았다. 그와 같은 이런저런 과일들 앞에는 어항이 놓여 있었다. 그 안에 살고 있는 것은 언제나 느리고 무심하게 헤엄을 치는 금색과 은색 물고기들이었다. 녀석들이 그 날따라 특별히 들떠 보인다고 말할 증거는 없지만,

분명 어떤 날이 되었다는 것을 아는지 자신들의 좁은 세상을 뱅글뱅글 맴돌면서 웬 일인지 주둥이를 자꾸만 뻐끔거렸다.

그리고 식료품 가게! 아, 식료품 가게의 멋진 모습이라니! 식료품 가게는 막 장사를 마치려는 참이었다. 이미 덧문을 한두 개쯤 달아둔 상태였는데, 그 틈새로 안쪽에 펼쳐진 훌륭한 모습을 살펴볼 수 있었다. 먼저 계산대에서 저울에 물건의 무게를 달 때마다 경쾌한 소리가 울려 퍼졌다. 이어 얼레에서 또르르 노끈이 풀려나와 상품을 묶었다. 그뿐인가. 통조림 깡통은 곡예를 하듯 달그락달그락 위아래로 오르내렸고, 차와 커피 향기가 뒤섞여 코를 행복하게 했다. 최고로 품질 좋은 건포도가 수북이 쌓여 있었으며, 아몬드는 먹음직스럽게 하얀 빛을 띠었고, 곧게 쭉 뻗은 계피 막대도 눈에 띄었다. 이런 저런 다양한 향신료들도 저마다 독특한 냄새를 발산하고 있었다. 그 곁의 절인 과일들은 찐득하게 녹아내릴 만큼 설탕을 넉넉히 묻혀 놓아 아무리 시큰둥한 구경꾼이라도 선뜻 마음을 빼앗기다가 나중에는 안달을 부릴 만했다. 그리고 무화과는 촉촉하고 부드러웠으며, 화려한 장식 상자에 담긴 프랑스산 자두는 적당히 새콤한 맛을 보장했다. 그 밖의 모든 상품들이 하나같이 구미를 당기게 했고, 한껏 크리스마스 분위기를 자아냈다. 한편 손님들의 모습도 눈길을 끌기에 충분했다. 그들은 크리스마스를 맞이한 설렘으로 잔뜩 흥분해 허둥대기 일쑤였다. 문 앞에서 서로 충돌해 넘어지거나, 버드나무 가지로 엮어 만든 시장바구니를 이리저리 부딪치는 광경이 심심찮게 보였던 것이다. 이미 값을 치른 물건이나 지갑을 계산대에 두고 나갔다가 헐레벌떡 달려 들어오는 실수도 여러 차례 목격되었다. 그러면서도 너나없이 미소를 잃지는 않았다. 아울러 식료품 가게 주인과 점원들은 앞치마를 뒤로 여미는 데 쓰이는 하트 모양의 핀을 모든 사람들에게 보여주고 싶어 할 만큼 매우 활기가 넘치고 친절했다. 그것은 얼핏 크리스마스를 맞아 갈까마귀들이 맘대로 쪼아 먹게 밖에 매달아놓은 그들의 심장처럼 보이기도 했다.

곧 교회의 첨탑들이 선량한 사람들을 예배당으로 불러 모았다. 사람들은 자신들이 있던 자리를 떠나 저마다 가장 좋은 옷을 차려입고 밝게 웃으면서 거리로 몰려 나왔다. 그와 동시에 여러 샛길과 골목길, 이름 모를 길모퉁이에서 많은 사람들이 저녁거리를 들고 나타나 빵집으로 향했다. 그처럼 소박한 파티를 준비하는 가난한 사람들의 모습이 유령의 관심을 끄는 모양이었다. 유령은 스크루지를 옆에 세워둔 채 빵집 문 앞에 서서 사람들이 음식을 갖고 지나갈 때마다 들고 있던 횃불로 향료를 뿌려주었다. 그 횃불은 무척 진기한 것이었다. 한번은 음식을 든 사람들끼리 서로 밀치다가 시비가 일기도 했는데, 유령이 횃불로 물을 몇 방울 뿌리자 언제 그랬느냐는 듯 금세 유쾌한 기분을 되찾았다. 그리고는 크리스마스에 이웃과 싸운 것에 대해 부끄러움을 느꼈다. 그것은 틀림없는 사실이었다. 그들은 하나님이 크리스마스를 유쾌하고 평화롭게 보내기를 바란다고 믿었다.

잠시 뒤 종소리가 그쳤고, 빵집들이 문을 닫았다. 빵집 화덕마다 보이는 촉촉하고 온기 있는 수분의 흔적들이 그 날 식탁에 차려질 음식들이 무엇이며 어떻게 조리되는지 짐작하게 했다. 심지어 화덕 바닥에 깔아놓은 자갈도 함께 요리되는 듯 모락모락 김이 피어올랐다.

"유령님의 횃불에서 뿜어져 나온 향료에 특별한 향과 맛이라도 있나요?"

스크루지가 물었다.

"그럼, 물론이지. 나만의 특제 향료니까."

"오늘 같은 날에 먹는 어떤 음식에도 어울리나요?"

스크루지의 질문이 거듭 이어졌다.

"정성을 담아 만든 요리라면 뭐든. 그 중에서도 가난한 사람들의 음식에 가장 잘 어울리지."

"왜 그런가요?"

"그야 가난한 사람들의 음식에 꼭 필요한 것이니까."

유령의 대답을 듣고 잠시 생각에 잠기던 스크루지가 다시 말문을 열었다.

"유령님, 저는 한 가지 의문이 생기네요. 인간을 둘러싼 세계의 무수한 존재들 중에서, 왜 하필 유령님이 사람들이 순수한 즐거움을 누릴 기회를 빼앗으려 하시는지 모르겠어요."

"내가?"

유령이 외쳤다.

"유령님은 매주 주일에 사람들이 맛있는 저녁식사를 만들어 먹을 기회를 빼앗으셨어요. 많은 사람들에게 그 날은 일주일 중 음식다운 음식을 만들어 먹을 수 있는 유일한 날인데 말이에요."

"내가 그랬다고?"

유령이 소리쳤다.

"유령님은 주일마다 이런 빵집 같은 곳의 문을 닫게 하지 않으셨나요? 그게 그거지요."

"내가 정말 그렇게 했다고?"

또다시 유령의 외침이 터져 나왔다.

"제 말이 틀렸다면 용서해주세요. 하지만 그런 일은 유령님의 이름으로, 아니면 적어도 유령님 가족 가운데 한 분의 이름으로 분명 행해져왔습니다."

스크루지가 말했다.

"너희 인간들 중에는 우리를 잘 안다고 떠벌이는 자들이 많아. 우리의 이름을 들먹이면서 욕망과 자만, 악의와 증오, 시기심, 맹종, 이기심 따위를 충족시키려고 들지. 하지만 나와 가족들에게는 그런 자들이 이 세상에 살았는지조차 모를 만큼 낯선 존재야. 우리와 전혀 상관없는 인간들이란 말이지. 그러니 그들이 한 짓을 두고 비난해야 옳지, 우리를 탓해서는 안 돼."

스크루지는 유령의 말에 그렇게 하겠다고 약속했다. 그리고 지금까지 그래 왔듯, 그들은 사람들 눈에 띄지 않게 교외로 향했다. 스크루지가 이미 빵집에서 목격한 바와 같이, 유령은 거인 같은 커다란 덩치에도 불구하고 어떤 장소든 쉽게 몸을 맞춰 들어가는 신비한 능력을 갖고 있었다. 유령은 초자연적 존재답게 야트막한 지붕 아래에서도 천장이 높은 홀에서나 가능한 자세로 당당하게 서 있는 것이 가능했다.

그와 같은 자신의 능력을 과시하는 것이 즐거웠는지, 아니면 가난한 사람들에게 관대하게 동정심을 베푸는 것이 천성이었는지 몰라도 유령은 곧장 스크루지를 데리고 그의 서기가 사는 집으로 갔다. 스크루지는 여느 때처럼 유령의 옷자락을 꽉 붙잡았다. 유령은 이내 그 집 문간에 서서 미소를 짓더니 횃불로 물방울을 뿌리면서 밥 크래칫의 가정을 축복해주었다. 생각해보라! 밥은 일주일에 고작 15밥(영국 화폐 단위 '실링'을 일컫는 다른 명칭 – 옮긴이 주)을 벌었다. 그러니까 밤낮없이 일한 대가로 토요일마다 주머니에 자신의 이름과 똑

같은 동전 15개를 넣을 뿐이었다. 그런 밥의 네 칸짜리 집에 현재의 크리스마스 유령이 축복을 내려준 것이다!

그 때 집 안에서는 밥의 아내인 크래칫 부인이 자리에서 일어났다. 그녀는 두 번이나 안팎을 뒤집어가며 입은 초라한 드레스 차림이었다. 그 옷은 겨우 6펜스짜리 싸구려였지만 제법 봐줄 만한 리본이 큼지막하게 달려 있었다. 밥의 아내는 역시 리본이 장식된 옷을 입은 둘째딸 벨린다 크래칫의 도움을 받아 식탁보를 깔았다. 그 사이 밥의 아들 피터 크래칫은 작은 냄비에 담겨 있는 감자가 익었는지 포크로 푹푹 찔러보았다. 그럴 때마다 피터는 괴상하다고 할 만큼 커다란 셔츠 깃이 자꾸만 입 안으로 말려들어가 거추장스러운 생각이 들었지만(셔츠는 원래 밥의 것이었는데, 크리스마스를 기념해 상속자인 피터에게 물려준 것이었다.), 자신이 그토록 어엿하게 성장했다는 사실이 흡족해 얼른 멋쟁이들이 모여드는 공원으로 달려 나가서 그 옷을 자랑하고 싶었다. 그 때 좀 더 어린 꼬맹이 크래칫 남매가 한달음에 집으로 뛰어 들어와 환호성을 질러댔다. 아이들은 빵가게에서 새어나오던 거위구이 냄새가 자기 집에서도 난다는 사실을 알고 하늘을 날 듯 기뻐했던 것이다. 어린 남매는 세이지(향신료로 쓰이는 식물로, 샐비어라고도 함 – 옮긴이 주)와 양파를 곁들여 거위고기를 먹는다는 황홀한 생각으로 식탁 주위를 빙빙 돌며 신나게 춤을 추다가 피터 오빠를 보고 멋있다며 추켜세웠다. 피터는 물이 부글부글 끓고 감자들이 익어가면서 마치 빨리 꺼내 껍질을 벗겨달라고 아우성을 치듯 냄비 뚜껑을 시끄럽게 두들겨댈 때까지 화덕 옆에서 불을 후후 불어댔다. 그는 셔츠 깃이 목을 조이다시피해 거의 질식할 뻔했는데, 동생들의 칭찬에 우쭐해하는 모습은 아니었다.

"도대체 너희들의 훌륭한 아빠는 왜 이렇게 늦으신다니? 네 동생 팀도 그렇고. 마사도 작년 크리스마스에는 삼십 분이나 일찍 와 있었는데 말이야!"

밥의 아내가 말했다.

그 순간 한 소녀가 모습을 나타내며 소리쳤다.

"저 지금 왔어요. 마사예요, 엄마!"

"엄마, 마사 언니가 왔어요!"

"누나, 우리 집에 얼마나 대단한 거위고기가 있는 줄 알아?"

마사를 본 꼬맹이 크래칫 남매가 앞다투어 말을 쏟아냈다.

"오, 사랑스런 나의 딸! 왜 이렇게 늦었어?"

밥의 아내는 마사의 볼에 몇 번이나 입을 맞췄다. 그리고는 다정하면서도 빠른 손놀림으로 마사의 숄과 모자를 벗겼다.

"어젯밤에 할 일이 무척 많았어요. 오늘 아침이 되어서야 가까스로 일을 마무리할 수 있었는걸요."

마사가 말했다.

"그랬구나. 여하튼 이렇게 왔으니까 됐다. 어서 난롯가에 앉아 몸을 녹이렴. 예쁜 우리 큰딸, 하나님이 네게 은총을 내리실 게다."

밥의 아내가 사랑스런 눈길로 마사를 바라보며 말했다.

"안 돼요, 안 돼! 저기 아빠가 오고 계신단 말이에요. 얼른 숨어, 마사 누나. 빨리 숨으라고!"

이리저리 분주히 오가며 온갖 참견을 하던 꼬맹이 남매가 소리쳤다.

마사가 서둘러 몸을 감추자, 자그마한 체구의 가장 밥이 집 안으로 들어섰다. 그는 술 장식을 빼고도 최소한 1미터가량은 축 늘어진 목도리를 두르고 있었다. 그가 몸에 걸친 옷은 여기저기 올이 풀릴 만큼 닳았는데, 그나마 크리스마스를 맞아 꿰매고 손질한 흔적이 보였다. 어린 팀이 밥의 어깨 위에서 목말을 타고 있었다. 아, 가여운 아이 팀! 작은 목발을 손에 든 팀은 다리에 보조기구를 차고 있었다.

"우리 마사는 어디 있소?"

밥 크래칫이 주위를 두리번거리며 물었다.

"못 온대요."

밥의 아내가 대답했다.

"못 온다고?"

밥의 목소리가 푹 가라앉았다. 교회에서 성탄 예배를 본 뒤, 기꺼이 아들 팀의 경주마 역할을 하며 집까지 달려오느라 한껏 신바람이 났는데 금세 얼굴빛이 침울해졌다.

"크리스마스인데 집에 못 온단 말이야?"

마사는 아무리 장난이라고는 해도 너 이상 실망스러워하는 아빠의 모습을 두고 볼 수 없었다. 그래서 몸을 숨겼던 옷장에서 재빨리 달려 나와 아빠의 품에 와락 안겼다. 꼬맹이 크래칫 남매는 팀을 재촉해 세탁장으로 데려갔다. 커다란 냄비 안에서 달그락거리는 푸딩의 노랫소리를 들려주고 싶었기 때문이다.

"팀은 얌전하게 굴었어요?"

깜빡 속아 넘어간 밥에게 그렇게 순진해서 어떡하느냐고 놀려대던 아내가 물었다. 밥은 큰딸 마사를 한참이나 껴안아 준 참이었다.

"그럼, 얼마나 착했는데. 아무리 칭찬해도 부족할 정도였소. 내가 보기에는 아이가 혼자 지내는 시간이 많다보니 점점 생각이 깊어지는 것 같더라고. 이따금 들도 보도 못한 요상한 소리도 늘어놓고 말이오. 아까 집에 오면서는 한다는 말이, 교회에서 많은 사람들이 자기를 보았으면 좋았을 것이라고 했소. 그 이유가 뭔지 알겠소? 사람들이 장애가 있는 자기를 보면 앉은뱅이를 일어나 걷게 하고 장님을 눈 뜨게 한 주님을 한번 더 떠올린다는 거요. 그러면 크리스마스에 더할 나위 없이 기쁜 일이라는 것이지."

가족들에게 그 날 있었던 일을 전하는 밥의 목소리는 살짝 떨리고 있었다. 팀이 건강하고 따뜻한 마음을 가진 사람으로 자라고 있다는 이야기를 할 때는 떨림이 좀 더 심해졌다.

그 때 팀의 작은 목발이 마룻바닥을 콩콩 울리는 소리가 들려왔다. 팀은 어린 누나와 형의 부축을 받아 방으로 돌아와서는 난롯가에 놓인 의자에 앉았다. 밥은 소매를 걷어붙이고(불쌍한 사람! 안 그래도 추레한 소매가 더 볼품없어 보이게) 뜨거운 물이 담긴 주전자에 진과 레몬을 넣어 휘휘 저은 뒤 벽난로의 시렁에 올려놓고 끓이기 시작했다. 장남 피터와 호기심 많은 크래칫 남매는 거위고기를 가지러 갔다가 금세 의기양양하게 돌아왔다.

그러자 집 안에서는 거위가 세상에서 가장 귀한 새라도 되는 양 한바탕 소동이 일어났다. 거위에 비하면 흑고니 같은 새는 아무런 관심도 끌지 못할 것 같았다. 하기야 밥의 집에서 거위고기를 먹는 것이 그만큼 대단한 사건이기는 했다. 밥의 아내는 미리 냄비에 준비해두었던 그레이비소스(소고기나 닭고기 등의 로스트에 곁들이는 소스 – 옮긴이 주)를 보글보글 끓였다. 피터는 쉬 믿기 어려운 힘으로 감자를 으깼고, 벨린다는 사과소스에 설탕을 듬뿍 집어넣었다. 마사는 미지근하게 데워놓은 접시들을 행주로 닦았다. 밥이 식탁으로 팀을 데려와 자기 옆에 앉혔다. 꼬맹이 크래칫 남매는 다른 식구들의 의자를 앉기 좋게 모두 식탁 아래에서 빼놓은 다음 자신들의 자리에 앉았다. 그리고는 차례가 되기도 전에 거위고기를 빨리 달라고 떼를 쓰게 될까 봐 숟가락을 들어 입을 꾹 막았다. 마침내 식탁에 식사 준비가 마무리되었고, 밥의 가족은 감사 기도를 올렸다. 밥의 아내는 곧 거위고기를 자를 칼을 집어 들었다. 그녀가 거위의 가슴에 칼을 댈 자세를 취하자 모두 숨죽인 채 그 모습을 지켜보았다. 이윽고 칼이 거위의 가슴을 갈라 김이 모락모락 나는 속살이 드러나자 식탁에는 기쁨의 술렁임이 일었다. 꼬맹이 크래칫 남매가 제일 난리법석을 떨었는데, 그 기운이 전해졌는지 팀 역시 조그만 소리로나마 나이프 손잡이로 식탁을 두드려대며 "만세!"를 외쳤다.

　정말이지 그런 거위 요리는 난생처음이었다. 밥도 그렇게 맛있는 거위고기는 먹어본 적이 없다고 말했다. 부드러운 속살에 고소한 향기, 게다가 크기에 비해 저렴한 가격까지. 너나없이 감탄해 마지않았다. 거기에 으깬 감자와 달콤한 사과 소스를 더하니 온 가족이 넉넉히 즐길 만한 만찬으로 손색없었다. 밥의 아내가 접시 위에 남은 작은 뼛조각들까지 살펴보고 나서 매우 흡족한 표정으로 중얼거렸듯이, 그들은 결국 다

먹어치울 수도 없는 충분한 양이었다! 물론 모두 배불리 식사를 한 것은 틀림없는데, 그 중에서도 꼬맹이 크래칫 남매는 얼굴을 처박고 정신없이 먹느라 세이지와 양파 조각이 눈썹에까지 덕지덕지 붙어 있었다. 잠시 뒤 벨린다가 접시를 새 것으로 바꾸는 동안 밥의 아내는 크리스마스 푸딩을 가져오려고 슬그머니 방을 나갔다.

밥의 아내가 발걸음을 옮길 때 이런저런 생각이 머릿속을 스쳐 지나갔다. 아직 제대로 익지 않았으면 어떡하지? 푸딩을 꺼내다가 부서뜨리기라도 하면 어떡해? 온 가족이 시끌벅적 거위 요리를 먹고 있을 때 누가 뒤뜰 담장을 넘어와 푸딩을 훔쳐간 것은 아닐까? 그럼 어린 자식들이 실망해서 펄쩍 펄쩍 뛰며 속상해할 것이 뻔해! 별의별 끔찍한 상상은 푸딩이 있는 곳에 가는 동안 계속되었다.

하지만…… 엄청나게 김이 피어오르는 이 푸딩 좀 봐! 만세! 밥의 아내는 망설임 없이 냄비에서 푸딩을 꺼냈다. 순식간에 빨래할 때 나는 냄새가 주위에 퍼졌다. 분명 빨래 냄새였다. 식당과 맞닿아 있는 빵가게 옆집의 세탁소에서 풍겨오던 냄새와 똑같았다. 그것이 다름 아닌 푸딩의 냄새였다! 밥의 아내는 30초도 지나지 않았을 것 같은 짧은 시간에 발그레하게 상기된 얼굴로 방에 돌아왔다. 그녀는 푸딩을 손에 들고 자랑스러운 미소를 머금고 있었다. 알록달록한 푸딩은 대포알처럼 단단하고 탱글탱글해 보였다. 푸딩의 꼭대기에는 호랑가시나무 장식이 꽂혀 있었고, 약간의 브랜디를 끼얹어 붙인 불이 활활 타올랐다.

와, 그야말로 굉장한 푸딩이었다! 밥이 아내를 쳐다보며 결혼한 이후에 이룬 가장 빛나는 업적이라고 눙쳤다. 아내는 그제야 노심초사하던 마음의 짐을 가까스로 내려놓았다고 말하면서, 밀가루 양이 제대로 들어갔는지는 모르겠다고 솔직히 털어놓았다. 그러나 모두 칭찬 일색이었다. 그 많은 가족이 먹기에는 양이 부족하다며 투덜대는 사람도 없었다. 만약 누군가 그런 말을 했다면 이교도 취급을 받았을 것이다. 크래칫 가족이라면 그런 기미를 얼핏 내비치기만 해도 부끄러움을 느껴 얼굴이 빨개졌을 것이 틀림없었다.

마침내 식사가 완전히 끝났다. 식구들은 함께 식탁을 치우고 벽난로의 재를 쓸어낸 다음 불꽃을 더욱 키웠다. 벽난로 시렁에 얹어 놓았던 주전자의 음료는 완벽한 맛을 기대할 만했다. 다시 식탁에 사과와 오렌지가 놓였다. 활활 타오르는 벽난로의 불꽃 위에는 알밤을 수북이 담은 삽이 올려졌다. 그리고 가족 모두 난롯가에 동그랗게 둘러앉았다. 그것은 밥의 제안이었는데, 정확히 동그란 모양이 아니라 반원 형태를 의미했다. 밥의 팔꿈치와 가까운 자리에는 이 집에 있는 유리잔이 전부 나와 세워져 있었다. 그래 봤자 큰 컵 두 개와 손잡이

없는 커스터드 컵 한 개뿐이었지만.

그 유리잔들은 어느 곳에 있다는 황금 술잔 못지않게 주전자의 뜨거운 음료를 잘 담아냈다. 밥이 환한 표정으로 주전자에 담긴 음료를 따르는 동안 벽난로의 불꽃 위에서는 알밤들이 타다닥타다닥 요란한 소리를 내며 익어갔다.

"사랑하는 가족 모두에게, 메리 크리스마스! 하나님이 우리 가족에게 은총을 내려주시길!"

밥이 축배를 들며 외쳤다.

온 가족이 그 말을 따라했다. 맨 마지막에 팀이 소리쳤다.

"하나님, 우리 모두를 축복해주세요!"

팀은 아빠 곁에 바짝 붙어 자신을 위해 마련된 자그마한 의자에 앉아 있었다. 밥은 사랑하는 아이와 영원히 함께 있고 싶다는 듯 손을 꼭 붙잡았다. 어쩌면 누군가에게 아이를 빼앗길까봐 두렵다는 생각을 했기 때문인지도 모른다.

"유령님, 팀이 오래오래 살아갈 수 있을까요?"

스크루지가 전에 없던 관심을 내보이며 물었다.

"저기 초라한 벽난로 옆 구석에 빈 의자가 하나 보이는구나. 주인 잃은 목발도 세워져 있고. 미래가 이 환영을 바꾸지 않는다면, 아이는 어쩔 도리 없이 죽게 될 것이다."

유령이 대답했다.

"안 됩니다, 안 돼요! 절대 안 돼요! 자비로운 유령님, 부디

저 아이가 오래오래 살 수 있다고 말해주세요!"

스크루지가 소리쳤다.

"미래가 환영을 바꾸지 않는다면, 누구도 저 아이를 여기서 보지 못하게 될 것이 틀림없어. 한데 그게 어쨌다는 거지? 어차피 죽을 목숨이라면 죽는 편이 나아. 불필요한 인구도 줄일 수 있을 테고 말이야."

스크루지는 문득 유령의 이야기가 자신이 했던 말인 것을 깨달았다. 그는 한동안 고개를 들지 못한 채 후회하는 마음과 슬픔을 느꼈다. 그 모습을 본 유령이 말을 이었다.

"이보게, 어리석은 인간! 네가 돌멩이로 만든 심장을 가진 사람이 아니라면 불필요한 인구라는 표현이 어떤 의미인지, 어디에서 남아돈다는 것인지 알게 되기 전에는 그런 사악한 말을 함부로 내뱉지 마라. 어째서 어떤 사람은 살아야 하고, 또 어떤 사람은 죽어 마땅한지 네가 판단하려 드느냐? 하나님이 보시기에는 이처럼 가난하고 병든 수많은 아이들이 너보다 훨씬 더 가치 있는 인간으로 보일 수도 있다는 것을 왜 몰라? 오, 하나님! 나뭇잎이나 갉아먹고 사는 하찮은 벌레가 가난의 구렁텅이에서 살아가는 형제들을 향해 불필요한 생명이라고 지껄이다니요!"

스크루지는 유령의 힐난에 무릎을 꿇고 앉아 바닥만 바라보았다. 그 때 웬 일인지 자신의 이름을 부르는 소리가 들리자, 스크루지는 재빨리 시선을 돌렸다.

"스크루지 영감님을 위하여! 오늘의 만찬을 마련하게 해준 스크루지 사장님을 위하여 축배를!"

그렇게 외친 사람은 밥이었다.

"쳇, 그 영감님 덕분에 맛있는 만찬을 즐겼고말고요! 그분이 지금 여기 있으면 좋겠네요. 그럼 욕이나 실컷 대접할 텐데. 아이고, 영감님 입맛에 맞으려나 몰라."

밥의 아내가 잔뜩 골이 나 얼굴을 붉히며 소리쳤다.

"여보, 아이들이 듣겠소. 그래도 오늘은 크리스마스인걸."

밥이 투덜거리는 아내의 말을 막았다. 그럼에도 아내는 좀처럼 마음을 가라앉히지 못했다.

"그럼요, 크리스마스고말고요. 오늘 같은 날이 아니면 누가 스크루지 씨처럼 쌀쌀맞고 인색한 사람을 위해 축배를 들겠어요? 밥, 당신만큼 그 양반을 잘 아는 사람은 이제 없을 거예요. 당신은 무정한 영감님에 대해 속속들이 알고 있잖아요, 가여운 사람!"

"여보, 크리스마스라고 했잖소."

밥이 다시 한 번 아내를 달랬다.

"그래요, 당신이 제안한 대로 축배를 들지요. 하지만 그 사람을 위한 것은 정말 아니에요. 오래오래 살라지요, 뭐! 크리스마스를 즐겁게 보내고, 새해도 복되게 맞으라고 해요! 안

그래도 잘 먹고 잘 사시는 분이지만 말이지요."

밥의 아내가 여전히 뾰로통한 얼굴로 말했다.

아이들 역시 엄마를 따라 하나둘 축배를 들었다. 하지만 그렇게 형식적인 축배가 또 있을까. 마지막으로 팀이 유리잔을 들었지만, 진심이라고는 찾아보기 어려웠다. 밥의 가족에게 스크루지는 흉측하게 생긴 도깨비 영감이나 마찬가지였다. 아니, 그의 이름을 들먹이는 것만으로도 크리스마스 분위기가 순식간에 썰렁해졌다. 그 그림자를 걷어내는 데 꼬박 5분의 시간이 필요했다.

하지만 스크루지가 만들어낸 칙칙한 그림자가 사라지자, 밥의 가족은 안도감을 느끼며 이전보다 훨씬 더 즐거워했다. 밥은 아들 피터가 일할 만한 자리를 봐두었다고 이야기했다. 그곳에 들어갈 수만 있으면 매주 5실링6펜스는 벌 수 있을 것이라는 말도 덧붙였다. 꼬맹이 크래칫 남매는 피터가 돈을 받고 일하는 모습을 상상하며 깔깔거렸다. 피터는 그 많은 돈을 받아 어디에 써야 할지 고민에 빠진 듯 목을 한껏 움츠린 채 셔츠 깃 사이로 난롯불만 골똘히 바라보았다. 다음에는 마사가 입을 열었다. 그녀는 모자 가게 수습 직원인 자신이 푼돈을 벌기 위해 어떤 일을 해야 하는지, 한번 자리에 앉으면 얼마나 오랫동안 꼼짝없이 일해 몰두해야 하는지, 그리고 내일은 휴가를 받아 쉬는 날이니까 침대에서 느긋하게 늦잠을 즐기고 싶다는 소박한 소망까지 자근자근 이야기했다. 또한 마사는 며칠 전 가게에 찾아온 백작부인과 영주를 보았는데, 그 영주의 키가 꼭 피터만 하더라고 말했다. 그러자 피터가 얼마나 높이 셔츠 깃을 치켜세웠는지, 여러분이 그 자리에 있었다면 그의 머리조차 볼 수 없었을 것이다. 그렇게 모두 두런두런 대화를 나누는 동안 잘 익은 알밤과 주전자가 부지런히 식구들 사이를 오갔다. 팀은 눈 더미 속에서 길을 잃고 헤매는 아이에 관한 노래를 부르기도 했다. 비록 연약한 목소리에 슬픔이 배어 있었지만, 노래 실력만큼은 더없이 훌륭했다.

딱히 대단할 것도 없는 자리였다. 밥의 가족은 결코 살림이 넉넉하지 않았다. 너나없이 옷차림은 허름했고, 신발조차 툭 하면 물이 스며드는 싸구려였다. 아마도 피터는 동생들 몰래 몇 번이나 전당포를 드나들어야 했을지도 모른다. 하지만 그 가정에는 행복이 넘쳐흘렀다. 모두 항상 감사하는 마음을 갖고 살았으며, 서로 함께하는 것만으로도 기뻐했다. 가족이 즐겁게 어울릴 수 있다면 웬만한 불편쯤 너끈히 참아냈다. 유령이 횃불을 들고 그곳을 떠나면서 가족의 모습은 조금씩 흐릿해졌지만, 그들은 영원히 행복해할 것 같았다. 스크루지는 밥의 가족에게서, 특히 어린 팀에게서 선뜻 눈길을 거두지 못했다.

어느새 날이 어두워지고 눈이 더욱 거세게 펑펑 쏟아졌다.

스크루지는 유령과 함께 거리를 지나며 여러 집들을 두리번거렸다. 집집마다 주방이나 응접실이나 방에서 따뜻하고 환한 빛이 새어나와 환상적인 분위기를 연출하고 있었다. 저마다 너울거리는 불꽃 앞에서 식구들이 먹을 맛있는 음식을 준비하는 중이있고, 벽난로 앞에는 많은 사람들이 둘러앉아 도란도란 이야기꽃을 피웠다. 창문에는 새빨간 커튼이 묶여 있기도 했는데, 언제든 그것을 닫으면 추위와 어둠을 막아줄 것처럼 보였다. 어느 집에서는 아이들이 눈 내리는 집 밖으로 우르르 달려 나가 결혼해서 떠나간 형제자매들이나 삼촌과 고모들을 기다렸다. 또 어떤 집에서는 화목하기 그지없어 보이는 식구들의 파티 장면이 창문을 가린 커튼 너머에서 그림자로 아른거렸다. 아울러 한쪽에서는 모자를 쓰고 털장화를 신은 아리따운 아가씨들이 재잘거리며 이웃집으로 몰려갔는데, 그 집에 사는 숫기 없는 총각이 얼굴을 붉히며 어쩔 줄 몰라 했다. 그것을 본 아가씨들은 자기들끼리 웃음을 참느라 킥킥거리며 모르는 척 시치미를 뗐다.

수많은 사람들이 거리를 오가고 있었다. 그처럼 가족이나 친구를 만나기 위해 분주히 발걸음을 옮기는 사람들을 보면, 막상 어느 집에 도착했을 때 그들을 반겨줄 이가 하나도 없을 것만 같았다. 하지만 그런 일은 일어나지 않았다. 실제로는 집집마다 곧 찾아올 손님들을 기다리며 굴뚝의 절반 높이까지 치솟아오를 정도로 벽난로의 불을 활활 지피고 있었다. 유령은 그런 집들을 보고 기뻐하며 축복을 내려주었다! 맨 가슴을 시원하게 드러낸 채 널찍한 손바닥을 쫙 펴고 여기저기 둥둥 떠다니면서 눈길이 닿는 곳마다 찬란하고 순수한 기쁨을 아낌없이 뿌려주었던 것이다! 누군가로부터 초대받아 즐거운 저녁 시간을 보낼 옷차림을 하고 어두운 거리에 불을 밝히면서 달려가던 점등원이 유령의 옆을 지나가며 큰 소리로 웃기 시작했다. 그는 그 날이 크리스마스라는 것만 알았을 뿐, 자기 곁에 뜻밖의 동행이 있다는 사실은 꿈에도 몰랐으리라!

잠시 뒤 스크루지는 거친 돌덩이들이 나뒹굴어 마치 거인들의 공동묘지 같아 보이는 적막한 황야에 서 있었다. 그는 그곳에 내려설 때까지 유령으로부터 아무런 말도 듣지 못했다. 여기저기 고랑이 파여 쉴 새 없이 물이 흐르고 있었다. 아니, 얼음에 갇히지 않았다면 그랬을 것이라는 말이다. 주위에는 이끼와 가시금작화, 제멋대로 수북이 자라난 잡초들만 보일 뿐이었다. 그것 말고는 아무것도 자라지 않는 땅이었다. 태양이 한 줄기 붉은 빛줄기를 남기며 서쪽 하늘로 지는 참이었다. 태양은 성난 눈으로 잠깐 황야를 노려보는 듯하더니 눈살을 찌푸리며 아래로, 아래로, 더 낮게 가라앉다가 한 밤의 캄캄한 어둠 속으로 완전히 자취를 감추었다.

"여기가 어딘가요?"

스크루지가 물었다.

"깊은 땅 속에서 열심히 일하는 광부들이 사는 곳이라네. 그런데 그들은 나를 알고 있지. 잘 보게!"

유령이 말했다.

어느 오두막집 창문에서 불빛이 새어나오고 있있다. 유령과 스크루지는 그곳으로 다가갔다. 진흙과 돌로 만든 벽을 통과하자, 따뜻하게 불길이 타오르는 난롯가에 모여 앉아 즐겁게 수다를 떨어대는 사람들이 보였다. 나이가 무척 많이 든 노인과 아내, 자녀, 그리고 그 자녀의 자녀, 또 그 아래 세대까지 모두 멋진 옷을 차려입고 한 자리에 모여 웃고 떠들면서 크리스마스를 보내고 있었다. 노인은 황야에 몰아치는 거센 바람소리에 묻혀 잘 들리지 않는 목소리로 식구들에게 크리스마스노래를 불러주었다. 그것은 그가 어렸을 적부터 불러온 아주 오래된 노래였다. 노래의 후렴 부분은 온 가족이 입을 모아 함께 부르기도 했다. 합창하는 가족의 목소리가 커질수록 노인은 신이 나서 싱글벙글 함박웃음을 지었다. 가족의 노랫소리가 작아지거나 멈추게 되면 노인의 활력도 다시 사그라졌다.

유령은 그 집에 오래 머물지 않았다. 스크루지에게 자신의 옷자락을 잡게 하더니 다시 황야 위를 날았다. 이렇게 서둘러 어디로 가려는 것일까? 설마 바다는 아니겠지? 그런데, 바다였다. 스크루지가 두려움을 느끼며 뒤를 돌아보니 깎아지른 절벽이 길게 드리워진 육지의 끝자락이 보였다. 파도가 천둥소리처럼 요란하게 철썩거리거나, 오랜 세월 동안 자기가 파놓은 동굴 속으로 사납게 몰아치며 단숨에 육지를 집어삼키려고 할 적마다 스크루지는 귀가 먹먹해 머리가 지끈거릴 지경이었다.

해안에서 5킬로미터쯤 떨어진 곳에 1년 내내 거친 파도에 부딪히며 끊임없이 물보라를 일으키는 외딴 바위가 있었다. 그 위에 쓸쓸하게 등대가 서 있었다. 가만 보니 등대의 아래쪽에는 무수한 해초들이 어지럽게 들러붙어 있었고, 해초들이 바다에서 탄생했듯 바람에서 태어난 것은 아닐까 싶은 새들이 파도처럼 쉴 새 없이 등대 주변을 오르락내리락 날아다녔다.

그런데 여기서도 등대를 지키는 두 남자가 불을 피워, 그 빛줄기가 두꺼운 돌벽에 뚫어놓은 작은 구멍을 지나서 무서운 밤바다로 환하게 흘러나오고 있었다. 두 명의 등대지기들 역시 크리스마스를 기념하는 중이었다. 그들은 낡은 탁자 앞에 앉아 굳은살 박인 억센 손을 맞잡은 채 독한 술이 담긴 양철 잔을 옆에 두고 서로를 축복했다. 두 사람 가운데 나이가 좀 더 많은 남자는 매섭게 몰아치는 강풍처럼 힘차게 노래를 부르기도 했다. 그는 뱃머리에 붙여놓은 나무 조각상처럼 험

한 세파에 이리 치이고 저리 치여 얼굴이 온통 상처와 흉터투성이였다.

유령은 다시 속도를 내 검푸른 바다 위를 빠르게 날았다. 유령은 스크루지에게 미리 말한 대로 해안에서 멀리 떨어진 바다에 떠 있는 어느 배 쪽으로 내려갔다. 둘은 타륜(손잡이가 달린 바퀴 모양의 장치로 배의 키를 움직일 때 사용함 – 옮긴이 주)을 잡은 키잡이와 뱃머리에서 망을 보는 선원, 불침번을 선 선원 옆으로 다가갔다. 얼핏 시커먼 유령처럼 보이기도 하는 그들은 저마다 자신의 자리에 서서 맡은 바 책임을 다하고 있었다. 그들은 열심히 일하며 캐럴을 흥얼거리거나, 머릿속으로 크리스마스의 경건하면서도 즐거운 분위기를 떠올렸다. 또 어느 때는 옆자리의 동료들과 함께 예전에 자신이 경험했던 크리스마스 이야기를 두런두런 속삭이기도 했다. 그랬다. 잠을 자고 있든 깨어 있든, 성격이 좋은 사람이든 괴팍한 사람이든, 함께 항해하는 뱃사람들은 1년 중 어떤 날보다 서로에게 따뜻한 덕담을 건네고 있었다. 조금씩 차이는 있겠지만 너나없이 크리스마스의 기쁨을 만끽하는 것이었다. 그들은 멀리 떨어져 있는 사랑하는 사람들을 떠올렸고, 사랑하는 사람들 역시 자신을 생각하며 크리스마스를 즐기고 있을 것이라 믿어 의심치 않았다.

스크루지는 바람이 울부짖는 소리를 들으며 죽음만큼 심오

해서 깊이를 헤아리기 어려운 미지의 심해, 그 위로 펼쳐진 고독한 어둠을 헤쳐 나가는 것이 얼마나 장엄한 일인지 곰곰이 생각해보았다. 그러다가 스크루지는 마음 깊은 곳에서 들려오는 것 같은 호탕한 웃음소리를 듣고 깜짝 놀랐다. 그 주인공은 다름 아닌 스크루지의 조카였다. 순간 스크루지는 자신이 어느새 밝고 아늑하며 쾌적한 방에 들어와 있다는 사실을 깨닫고 다시 한 번 화들짝 놀라고 말았다. 유령도 스크루지 옆에 서서 상냥한 미소를 지으며 조카를 바라보고 있었다.

"하하하! 하하하하하!"

조카가 연방 웃음을 터뜨렸다.

여러분 중에 누가 스크루지의 조카보다 더 호탕하고 복스럽게 웃는 사람을 알고 있는가? 그렇다면 꼭 내게도 소개해주기를 바란다. 그런 사람이라면 나도 기꺼이 친하게 지내고 싶으니까 말이다.

질병과 슬픔도 그렇지만, 이 세상에 웃음과 즐거운 기분만큼 다른 사람에게 전염이 잘 되는 것도 없다. 그야말로 공정하고 공평하며 숭고한 세상살이의 이치 아닌가! 스크루지의 조카는 배를 움켜쥐고 머리까지 흔들어대며 큰 소리로 웃음을 터뜨렸다. 그의 표정이 괴상하게 일그러지면서 낯빛도 시뻘겋게 변할 정도였다. 그 곁에서 조카의 아내, 그러니까 조카며느리 역시 숨이 넘어가도록 웃느라 정신이 하나도 없어 보였다. 그뿐 아니라 부부와 함께 어울리고 있던 다른 사람들도 누구에게 뒤질세라 배꼽이 빠지게 웃어댔다.

"하하하하하! 하하하하하!"

모두의 웃음소리가 방 안에 크게 울려 퍼졌다.

"그분은 크리스마스를 즐기는 게 정신나간 짓이라는 거야! 틀림없이 그렇게 말씀하셨다니까. 정말 진심으로 그렇게 생각하신다고!"

스크루지의 조카가 여전히 웃으며 소리쳤다.

"그건 부끄러운 일이에요, 프레드!"

스크루지의 조카며느리가 화가 치밀어오르는 듯 말했다.

그런 여성들에게 은총이 있으리라! 그녀들은 무슨 일이든 대충 넘어가는 법이 없다. 언제나 최선을 다하는 것이다.

스크루지의 조카며느리는 아름다웠다. 대단한 미모의 소유자라고 칭찬할 만했다. 얼굴은 보조개가 패어 겁 많은 토끼처럼 살짝 놀란 듯한 표정이었으며, 도톰하고 붉은 앙증맞은 입술은 남자라면 누구나 키스를 하고 싶은 충동을 불러일으키기에 충분했다. 게다가 턱 주위의 작고 귀여운 점들이 웃을 때마다 하나로 모여들어 묘한 느낌을 자아냈고, 눈부시게 반짝거리는 눈동자도 여느 여자들에게서 쉬 찾아볼 수 없는 것이었다. 그러니 그 모든 것이 어우러져 도발적인 매력을 뽐내는 미인이라고 할밖에. 거의 완벽에 가까운 미모였다!

"그분은 참 재미난 사람이야. 정말 그렇다니까. 사실 너그럽고 상냥한 분은 아니지만, 자신이 짓는 죄악으로 이미 벌을 받고 계시니 나까지 굳이 나쁜 얘기를 더할 필요는 없어."

스크루지의 조카가 말했다.

"그분이 굉장한 부자라면서요, 프레드? 당신이 종종 그런 말을 했잖아요."

스크루지의 조카며느리가 남편 말에 끼어들었다.

"그러면 뭐 하겠소? 삼촌의 재산은 스스로에게 아무 쓸모도 없는걸. 그분은 많은 돈을 갖고 있지만 자신의 평안을 위해 쓸 줄도, 불쌍하게 살아가는 다른 사람들을 도울 줄도 몰라. 물론 그 돈으로 우리를 도와줄 생각 역시 결코 하지 않으셨을 거요, 하하하!"

조카가 말했다.

"난 그런 사람을 생각하면 참을 수가 없어요!"

조카며느리의 말에, 그 자리에 있던 다른 숙녀들도 공감을 표시했다. 거기에는 스크루지 조카의 처제들도 섞여 있었다.

"난 달라. 오히려 삼촌이 안타깝지. 아무리 미워하려고 해도 화를 낼 수 없다니까. 그분의 인색한 마음씨와 괴팍한 성질 때문에 가장 고통받는 사람이 누구겠소? 그건 분명 당신 자신일 거요. 삼촌은 우리를 귀찮게만 생각하시는 탓에, 오늘 함께 식사하자는 초대도 거절하시더라고. 그러니 얼마나 안

됐어. 뭐, 그렇다고 대단한 만찬을 놓치신 것은 아니지만 말이요."

"아니, 그분은 정말 대단한 만찬을 놓치신 거라고 생각해요."

스크루지의 조카며느리가 다시 남편 말에 끼어들었다.

조카의 아내뿐만이 아니었다. 그 자리에 모인 모든 사람들이 그 의견에 맞장구를 쳤다. 그들은 그런 이야기를 할 자격이 충분했다. 왜냐하면 한 자리에서 즐겁게 식사를 마친 다음 막 난롯가에 둘러앉아 함께 디저트를 즐기고 있었기 때문이다.

"뭐, 다들 대단한 만찬으로 생각해준다니 기분은 좋군! 요즘 젊은 주부들의 솜씨는 썩 믿음이 안 가서 말이야. 자네는 어떻게 생각해, 토퍼?"

토퍼는 스크루지 조카의 처제들 중 누군가에게 눈독을 들이고 있는 것이 틀림없었다. 왜냐하면 총각은 그런 질문에 대해 명확한 의견을 나타낼 자격이 없는 불쌍한 외톨이라고 대답했기 때문이다. 그의 말에 처제들 중 한 사람이 살짝 얼굴을 붉혔다. 그녀는 드레스에 장미를 꽂은 아가씨가 아니라, 레이스 장식을 단 통통한 아가씨였다.

"계속 말해봐요, 프레드. 이는 하던 이야기를 제대로 끝내는 법이 없어. 엉뚱하게도 툭하면 샛길로 빠진단 말이야!"

조카며느리가 손뼉을 쳐대며 말했다.

스크루지의 조카는 또다시 큰 소리로 웃음을 터뜨렸다. 이번에도 웃음은 다른 사람들에게 빠르게 전염됐다. 무슨 까닭인지 드레스에 레이스 장식을 단 통통한 아가씨는 향초까지 만지작거리며 웃음을 참으려고 했지만 소용없는 노릇이었다. 그렇게 모두들 한바탕 신나게 웃어젖혔다.

"내가 하려는 말은 다른 게 아니야. 삼촌이 크리스마스처럼 기쁜 날을 우리와 함께 보내려고 하지 않는 탓에 자꾸만 행복한 순간들을 놓치고 살아가신다는 점을 얘기하려는 것뿐이야. 그래 봤자 무슨 큰 손해를 보시는 것은 아니지만. 나는 그분이 곰팡내 진동하는 낡은 사무실이나 먼지 쌓인 집에서 자신만의 아집에 사로잡혀 유쾌하게 어울릴 수 있는 친구들과 시간을 잃어버리는 것 같아 안타까워. 그래서 해마다 삼촌이 원하든 원하지 않든 기회를 드리려고 노력하지. 그분을 만날 적마다 가여운 마음이 드니까 말이야. 삼촌은 돌아가시는 날까지 크리스마스를 조롱할지 몰라. 하지만 내가 해마다 무턱대고 찾아가서 '메리 크리스마스, 스크루지 삼촌!' 하고 외친다면 조금은 닫힌 마음을 여실 수도 있다고 생각해. 물론 쉽지 않은 일일 테지만 좀 더 애써봐야지, 뭐. 혹시 알아? 그러다 보면 훗날 그분의 사무실에서 일하는 가난한 서기한테 유산으로 오십 파운드쯤 남겨주실지. 그 정도만 된다고 해도 정말이지 놀라운 변화야. 실은 어제만 해도 삼촌의 마음이 약간 흔들리는 것 같아 보이기는 했어.”

　스크루지의 조카가 ‘삼촌의 마음이 약간 흔들렸다’고 말하는 순간, 그곳에 모인 사람들이 일제히 키득거리기 시작했다. 그럼에도 성격 좋기로 소문난 스크루지의 조카는 사람들이 갑자기 왜 그러는지 따지고 들지 않았다. 그는 사람들이 여전히 유쾌해한다는 것에 만족하며 더욱 분위기를 띄우고자 즐겁게 술잔을 돌렸다.

　그들은 차까지 마신 후 노래를 부르기 시작했다. 하나같이 음악적 재능이 있는 사람들이었다. 이따금 함께 모여 노래를 부르는 터라 어떤 노래를 불러야 할지, 언제 합창곡이나 돌림노래를 불러야 할지 굳이 말을 하지 않아도 호흡이 척척 맞았다. 그 중에서도 토퍼의 노래 실력이 눈에 띄었다. 그는 애써 목에 핏대를 세우거나 얼굴이 시뻘게지지 않으면서도 베이스 파트를 훌륭히 소화해냈다. 스크루지의 조카며느리는 다른 쪽에서 실력 발휘를 했다. 그녀는 하프 연주에 소질이 있었는데, 그렇다고 복잡하고 거창한 음악만 연주하려고 한 것은 아니었다. 오히려 간단하고 짤막한 곡을 연주할 때 더 큰 호응을 얻기도 했다(누구나 2분이면 배워 휘파람으로 흥얼거릴 수 있을 만큼 간단한 곡. 정말 그랬다!). 그것은 과거의 크리스마스 유령 덕분에 들을 수 있었던 곡으로, 소년 스크루지를 데리러

기숙학교에 찾아왔던 어린 누이동생이 잘 부르던 노래였다. 그 곡의 선율이 흐르자, 스크루지는 과거의 크리스마스 유령이 보여주었던 모든 장면들이 새삼 머릿속에 떠올라 마음이 자꾸 약해졌다. 그러다 보니 만약 수년 전부터 이 음악을 자주 들었더라면 스스로 인정 넘치고 행복한 삶을 가꿔 나갈 수 있지 않았을까, 그랬다면 죽은 말리가 유령이 되어 찾아오지도 않았을 텐데 하는 생각이 들기도 했다.

그런데 그곳에 모인 사람들이 저녁 시간 내내 노래를 부르거나 악기 연주만 한 것은 아니었다. 어느 정도 시간이 흐르자, 그들은 이런저런 놀이에 빠져들었다. 그렇게 이따금 어린아이들처럼 노는 것도 괜찮지 않겠는가. 그 날은 크리스마스를 있게 하신 예수님도 아기였으니 철없는 어린아이들처럼 놀기에 더없이 좋은 때였다. 잠깐! 먼저 시작된 놀이는 술래잡기였다. 그렇고말고, 그것은 동심으로 돌아가 즐기기에 최고의 놀이였다. 내가 보기에 술래가 된 토퍼는 정말로 앞이 전혀 보이지 않게 눈을 가렸다고 믿을 수가 없었다. 차라리 그가 신고 있는 신발에 눈이 달렸다고 생각하는 편이 나을 것 같았다. 그러니까 내 말은 토퍼와 스크루지의 조카 사이에 틀림없이 어떤 거래가 있었다는 것이다. 현재의 크리스마스 유령도 그 사실을 알고 있는 것이 확실했다. 토퍼가 레이스 장식을 단 통통한 아가씨를 쫓아다니는 모습을 보면 인간 본성의 순수함에 회의가 들 지경이었다. 술래가 된 토퍼는 벽난로에 사용하는 부지깽이를 넘어뜨리더니 의자에 걸려 휘청거렸고, 피아노에 옆구리를 세게 부딪치더니 커튼에 몸이 휘감겨 넘어질 뻔했다. 그런데 그런 난리법석 속에서도 토퍼는 줄곧 통통한 아가씨가 가는 곳이라면 어디든 쫓아다녔다. 그는 그 아가씨가 어느 곳에 있는지 정확히 알고 있었다. 다른 사람들은 토퍼에게 아무런 관심도 끌지 못했다. 만약 여러분이 그에게 다가가 일부러 몸을 부딪친다면 어떻게 됐을까? 그러면 토퍼는 여러분을 잡으려고 허둥거리는 척하다가 은근슬쩍 몸을 돌려 스크루지 조카의 통통한 처제가 있는 쪽으로 다시 달려갔을 것이다. 그의 마음속을 훤히 들여다보는 여러분을 기만하면서 말이다. 통통한 아가씨는 종종 게임이 공평하게 진행되지 않는다고 불평했다. 누가 보더라도 분명한 사실이었다. 하지만 그러거나 말거나 토퍼는 끝내 통통한 아가씨를 쫓아가 붙잡았다. 그녀는 비단 드레스를 사각거리게 끌며 잽싸게 피하려고 했지만, 토퍼가 도망갈 데라고는 없는 구석으로 몰아넣는 바람에 어쩔 도리가 없었다. 그 다음이 문제였다. 통통한 아가씨를 붙잡은 토퍼의 행동이 밉살스럽기 짝이 없었다. 그는 자기가 붙잡은 사람이 누군지 전혀 알지 못하는 척하며 통통한 아가씨의 머리 장식을 더듬었다. 그리고는 그것만으로 부족하다는 듯, 아가씨의 손가락에서 반짝이는 반지와 목에 걸려 있는 목걸이를 만지작거렸다. 엉큼한 작자의 터무니없는 짓 같으니라고! 물론 스크루지 조카의 통통한 처제는 그 일을 그냥 넘기지 않았다. 그녀는 다른 사람이 술래가 되었을 때, 웬 일인지 커튼 뒤에 함께 숨게 된 토퍼를 보고 방금 전의 행동에 대해 이야기를 주고받았다.

스크루지의 조카며느리는 술래잡기 놀이에 끼지 않았다. 그녀는 편히 쉬고 싶었는지, 아늑한 구석에 놓인 커다란 의자에 앉아 발판에 다리를 올려놓고 있었다. 유령과 스크루지는 그녀의 등 뒤에 서 있었다. 그러나 잠시 뒤, 벌금놀이가 시작되자 조카며느리도 참여해 알파벳을 맞추는 부분에서부터 탁월한 실력을 발휘했다. 어디 그뿐인가. 그녀는 언제, 어디서, 어떤 방식으로 놀이를 하든 유감없이 뛰어난 솜씨를 보여 스크루지의 조카를 기쁘게 했다. 토퍼가 기꺼이 증명하듯 그녀의 여동생들도 꽤나 영리했지만 언니의 게임 상대는 결코 되지 못했던 것이다. 그 날 그곳에 모인 사람들은 스무 명 남짓이었다. 그 중에는 젊은 사람들도 있고, 나이 든 사람들도 있었지만 한 명도 빠짐없이 즐겁게 놀이에 참여했다. 스크루지라고 다르지 않았다. 그 역시 눈앞에서 펼쳐지는 놀이에 완전히 빠져들어 사람들의 귀에 자신의 소리가 들리지 않는다는 사실조차 까맣게 잊어버렸다. 그러니 가끔 훈수를 한다며 아무도 듣지 못할 소리를 크게 질러댔던 것이다. 그럼에도 신기하게 그의 훈수대로 사람들이 놀이를 진행하는 경우가 몇 번 있었다. 언뜻 바늘귀가 절대로 부러지지 않는다고 소문난 화이트채플(런던 교외의 한 지역으로, 세공업이 발달해 최상품 바늘로 유명함 – 옮긴이 주) 바늘도 스크루지보다는 날카롭지 못한 것 같았다. 그의 예리한 판단력에 비하면 화이트채플 바늘의 강인한 날렵함조차 별볼일없이 아둔해 보인다는 말이다.

유령은 스크루지가 사람들이 놀이하는 모습에 흠뻑 빠져드는 것을 보고 기뻐했다. 스크루지가 손님들이 모두 돌아갈 때까지 그곳에 머무르게 해달라고 애원하자, 유령은 흐뭇한 미소를 짓기도 했다. 하지만 짐짓 시치미를 떼고 그 부탁을 거절했다.

"아, 새로운 놀이를 시작하려나 봐요. 유령님, 삼십 분만 더 머무르게 해주세요. 딱 삼십 분만!"

스크루지가 간청했다.

새로 시작된 놀이는 스무고개였다. 그 놀이는 어떤 사람이 머릿속으로 무엇을 떠올리면 다른 사람들이 이런저런 질문을 해 그것을 알아맞히는 식으로 진행되었다. 누가 정답을 생각하고 있다면, 그는 다른 사람들의 질문에 "예!" 또는 "아니요!"라고만 대답할 수 있었다. 실제로 스무고개 놀이가 시작되자 먼저 스크루지의 조카가 머릿속으로 정답을 생각했다. 사람들은 그에게 활발히 질문을 쏟아냈다. 그 덕분에 정답에 대해 알게 된 것은 동물이며, 살아 있고, 혐오감을 줄 만큼 사나우며, 자주 으르렁거리면서 눈을 부라리고, 런던에 살며, 거리를 돌아다니기는 하지만 구경거리는 아니고, 이리저리 누군가에게 이끌려 다니지도 않으며, 동물원에 갇혀 살지 않고, 잔인하게 도살당해 시장터에서 팔릴 일도 없는 무엇이었다. 게다가 말도, 나귀도, 암소도, 황소도, 호랑이도 아니고 개도, 돼지도, 고양이도, 곰도 아닌 어떤 동물로 밝혀졌다. 스크루지의 조카는 사람들이 고개를 갸웃거리며 속사포처럼 질문을 할 적마다 큭큭대며 웃음을 터뜨리기 일쑤였다. 급기야 우스워 죽겠다는 표정으로 의자에서 벌떡 일어나 발을 동동 구르기도 했다. 그러던 어느 순간, 조카의 통통한 처제까지 요란하게 웃어대더니 크게 소리쳤다.

"알겠어요! 그게 뭔지 알았어요, 형부! 틀림없다고요!"

"뭔데?"

조카가 물었다.

"형부의 삼촌인 스크루우우우우우우지 영감님!"

정답이었다. 낳은 사람들이 그녀의 재치에 감탄했다. 그런데 몇몇 사람들은 "곰인가요?"라는 질문에 조카가 "예!"라고 대답했어야 옳았다며 가볍게 항의했다. 그들은 내심 스크루지를 정답으로 추측하고 있었는데 곰이 아니라는 말을 듣고 생각을 달리 했다는 것이다.

"여하튼 삼촌 덕분에 우리 모두 즐거운 시간을 보낸 것 같군. 그러니 그분의 건강을 기원하며 한잔하지 않는다면 너무 몰인정한 거야. 더구나 때마침 우리의 손에는 따뜻한 포도주 잔이 들려 있잖아. 자, 스크루지 삼촌을 위하여 건배!"

조카가 사람들을 둘러보며 큰 소리로 외쳤다.

"스크루지 영감님을 위하여!"

이번에는 모든 사람들이 조카의 건배 제의를 흔쾌히 받아들였다. 스크루지의 조카가 미소 띤 얼굴로 말을 이었다.

"스크루지 삼촌이 어떤 분인가는 중요하지 않아. 나는 그분이 크리스마스를 즐겁게 맞이하고, 다가오는 새해에 건강하시기를 진심으로 원해. 물론 삼촌은 내 인사 따위 달가워하시지 않을 거야. 그렇다고 내 생각이 달라지지는 않아. 스크루지 삼촌을 위하여! 그분께 하나님의 축복이 있기를!"

그 광경을 가만히 지켜보던 스크루지는 자기도 모르게 마음이 밝고 푸근해졌다. 그는 유령이 조금만 더 시간을 줬더라면, 자신의 존재를 느끼지 못하는 사람들을 위해 답례의 건배사를 외치고 싶었다. 비록 그 소리가 들리지 않을 것을 알았지만 꼭 고마운 마음을 전하게 되기를 바랐다. 하지만 조카가 마지막 말을 내뱉자마자 사람들의 모습은 눈앞에서 홀연히 사라졌다. 스크루지는 유령과 함께 또다시 여행길에 올랐다.

그동안 스크루지는 이곳저곳 여행하며 다양한 사람들을 만나고 많은 집들을 방문했다. 그 결말은 언제나 해피엔딩이었다. 유령이 아픈 사람의 병상 옆에 서면 환자가 금세 기운을 되찾았다. 멀리 타향에 떠나 있는 사람들 곁에 서면 마치 고향에 와 있는 듯한 안도감이 느껴졌다. 캄캄한 절망의 벽에 가로막혀 힘들어하는 사람들 가까이 서면 그들이 앞날의 희망을 떠올리며 그 시간을 견뎌냈다. 또한 가난한 사람들은 유령 덕분에 마음이 풍요로워졌다. 유령은 보잘것없는 권위에 사로잡힌 어리석은 인간들이 문을 꼭꼭 걸어 잠그지 않는 한 구빈원이든 병원이든 교도소든, 불행의 도피처라면 어느 곳이라도 찾아가 축복을 내려주었다. 그 과정을 통해 스크루지는 커다란 깨달음을 얻었다.

이 모든 일이 하룻밤 사이에 일어났다니, 참으로 기나긴 밤이라고 하지 않을 수 없었다. 아무래도 스크루지는 그 사실이 선뜻 믿어지지 않았다. 크리스마스에 일어난 여러 가지 사건들이 어떻게 짧은 시간 안에 전부 응축될 수 있는가 말이다. 의심되는 일은 또 있었다. 그것은 다름 아니라, 스크루지의 겉모습은 그대로인데 유령은 점점 늙어가고 있었다는 점이다. 스크루지는 진작부터 그런 변화를 눈치채고 있었다. 하지만 아이들의 주현절 파티 장소를 떠날 때까지 아무 말도 하지 않고 있다가, 함께 밖으로 나와 유령의 머리가 반백이 된 것을 쳐다보며 물었다.

"유령님들의 수명은 짧나요?"

"이승에서 내 수명은 아주 짧지. 오늘 밤에 끝난다네."

유령이 말했다.

"오늘 밤이라고요?"

스크루지가 놀라며 되물었다.

"그래, 오늘 밤 자정에 말이야! 들어봐, 그 시각이 째깍째깍 다가오고 있는 소리를."

그 때 11시 45분을 알리는 종소리가 들려왔다.

"유령님, 제가 여쭤보려는 것이 적절치 않다 하더라도 용서해주십시오. 제 눈에 이상하게 보이는 게 있거든요. 유령님의 옷자락 밖으로 삐져나온 것이 대체 발인가요, 아니면 발톱인가요? 아무래도 발은 아닌 것 같습니다만."

스크루지가 유령의 옷자락을 뚫어져라 쳐다보며 물었다.

"살점이 붙어 있지 않으니 발톱이라고 할 수 있겠지. 여기를 보게나."

유령은 슬픈 목소리로 대답하며, 자신의 접힌 옷자락 사이에서 두 아이를 끄집어냈다. 아이들의 몰골은 하나같이 비참하고 남루해 똑바로 바라보면 몸서리가 쳐질 정도였다. 아이들은 무릎을 꿇고 유령의 옷자락에 매달려 있었다.

"여기를 봐! 여기, 이 아래쪽을 보란 말일세."

유령이 소리쳤다.

자세히 보니, 아이들 중 한 명은 사내아이였고 다른 한 명은 계집아이였다. 아이들은 낯빛이 누렇게 뜨고 비쩍 여윈데다 누더기를 걸치고 있었다. 둘 다 얼굴을 찌푸린 채 적개심이 그득한 눈빛을 띠며 바닥에 엎드려 있었는데, 얼핏 비굴한 기색도 엿보였다. 모름지기 아이들의 모습에서 흘러넘쳐야할 순수함과 생기는 눈을 씻고 봐도 찾을 수 없었다. 마치 세월에 찌든 노인의 손처럼 메마르고 쪼글쪼글한 손길이 싱싱하기 그지없어야 할 아이들의 생명력을 꼬집고 비틀어 갈기갈기 찢어놓은 것만 같았다. 천사가 자리를 잡았어야 할 자리에 악마가 숨어들어 노려보고 있었다. 그것은 신비롭고 위대한 창조의 과정 중에 도저히 일어날 수 없는 일이었다. 설령 아무리 인간성을 타락시키고 왜곡한다 해도 그처럼 괴물과 다름없는 끔찍한 사람들을 만들어낼 수는 없는 노릇이었다.

스크루지가 으스스한 섬뜩함을 느끼며 뒷걸음질을 쳤다. 어차피 유령이 아이들을 보여주었으니 귀엽다는 인사치레라도 하고 싶었지만 쉽지 않았다. 그런 말도 안 되는 거짓말을 하기보다는 아예 말문이 꽉 막혀 답답한 편이 낫겠다는 생각이었다.

"유령님…… 유령님의 아이들인가요?"

스크루지는 더 이상 뭐라고 할 말이 없었다.

"애들은 인간의 아이들이다. 한데 제 아버지로부터 벗어나게 해달라며 내게 매달리는구나. 사내아이는 '무지'이고, 계집아이는 '빈곤' 이라고 하지. 모쪼록 이 둘을 경계해야 한다. 이들과 비슷한 것들을 모두 조심해야 해. 그 중에서도 특히 경계의 눈길을 멈추면 안 되는 것은 바로 이 사내아이야. 내 눈에는 무지의 이마에 찍힌 '파멸'이라는 글자가 또렷이 보이거든. 그 글자가 지워지지 않는 한 내 말을 꼭 명심해야 해. 철저히 거부하란 말이다!"

유령이 아이들을 내려다보며 말했다. 그리고는 시내 쪽으로 팔을 쭉 펼치면서 외쳤다.

"인간들이여, 너희에게 이렇게 경고하는 이를 비난하고 싶다면 실컷 욕지거리를 해라! 그깟 당파적인 목적을 위해 무지를 가까이 했다가는 더욱 곤경에 빠져들게 될 것이다! 그리하면 머지않아 종말을 맞닥뜨리리라!"

"이 아이들을 맡기거나 돌봐줄 곳은 없나요?"

스크루지가 진지하게 물었다.

"감옥이 없느냐고? 아니면, 구빈원이 없느냐고?"

그것은 지난번에 스크루지가 내뱉은 말과 다르지 않았다. 유령은 그 말을 고스란히 되돌려주었다.

그 때 12시를 알리는 종소리가 울려 퍼졌다.

그와 동시에 유령이 보이지 않았다. 스크루지가 주위를 두리번거렸지만 어디서도 흔적조차 찾을 수 없었다. 마지막 종소리가 잔잔히 떨림을 멎는 순간, 스크루지는 제이콥 말리의 유령이 했던 예언을 떠올렸다. 그는 고개를 들어 앞을 바라보았다. 저쪽에서 주름이 흘러내린 긴 옷을 입고 두건을 뒤집어 쓴 엄숙한 유령이 땅바닥에 낮게 깔리는 안개마냥 서서히 자신을 향해 다가오는 것이 보였다.

제4장

세 번째 유령

유령은 느리지만 엄숙하고 조용하게 다가왔다. 어느덧 유령이 가까이 다가오자 스크루지는 무릎을 꿇었다. 유령이 가르고 오는 대기에서 조차 어둑하면서도 신비로운 분위기가 풍겨 저절로 그런 자세를 취할 수밖에 없었다.

유령은 머리와 얼굴을 비롯해 몸을 전부 가리는 검은 옷을 입고 있었다. 따라서 옷 밖으로 뻗어 나온 손을 빼면 어디도 그 형체를 분간하기 어려웠다. 만약 손마저 검은 옷에 감싸여 있었더라면 깜깜한 밤중에 유령이 다가오는 것도 알아채기 힘들었을지 모른다. 그만큼 주변의 어둠 속에서 유령의 존재를 확인하는 것이 쉽지 않았다.

스크루지는 유령이 곁으로 다가왔을 때, 제법 큰 키와 당당한 체격을 직감할 수 있었다. 순식간에 그 신비로운 존재가 경외감과 두려움을 불러일으켰다. 그렇지만 유령이 말을 하지도 더 이상 움직이지도 않았기 때문에 그 밖에 달리 알 수 있는 것은 없었다.

"지금 앞에 서 계신 분이 저를 찾아오기로 한 미래의 크리스마스 유령님이십니까?"

스크루지가 물었다.

유령은 아무런 대꾸도 하지 않았다. 그 대신 손으로 앞쪽을 가리킬 따름이었다. 스크루지가 이어 질문했다.

"유령님은 아직 일어나지 않았지만 앞으로 현실이 될 일의 환영을 보여주려고 오셨을 테지요? 정말 그런가요, 유령님?"

유령이 그 물음에 고개라도 끄덕였는지 입고 있는 옷의 윗부분에 주름이 잡혔다. 그것이 스크루지가 얻어낸 유일한 대답이나 마찬가지였다.

사실 스크루지는 이제 유령과 동행하는 일에 익숙해져 있었다. 하지만 자기에게 다가와 아무 말도 하지 않는 유령에게서는 섬뜩함이 느껴져 다리가 후들후들 떨릴 지경이었다. 곧 유령이 이끄는 대로 따라가려고 생각했으나 그냥 서 있기조차 힘든 상황이었다. 그 모습을 본 유령이 잠시 가던 길을 멈추더니, 그가 기운을 되찾도록 기다려주었다.

하지만 그럴수록 스크루지는 유령이 더 무서웠다. 형체조차 잘 구분되지 않는 유령이 어두운 장막 너머에서 자신을 꿰뚫어보고 있다는 생각을 하면 정체를 알 수 없는 공포가 등골을 오싹하게 해 온 몸에 소름이 돋았다. 스크루지는 눈을 크게 뜨고 상대를 좀 더 자세히 보려고 했지만 달라지는 것은 없었다. 아무리 애를 써 봐도 유령의 손과, 그 뒤쪽으로 거무스레하게 보이는 큼지막한 몸통의 실루엣이 얼핏 느껴질 따름이었다.

"미래의 크리스마스 유령님! 저는 지금 어떤 유령님들을 만났을 때보다 더 큰 두려움에 떨고 있습니다. 하지만 유령님이 제게 도움이 될 일을 하기 위해 여기에 오신 것을 잘 알고 있지요. 또한 저 역시 지난날의 삶과는 다르게 살고 싶기 때문에 기꺼이 유령님을 따라나설 작정입니다. 감사하는 마음으로 말이에요. 그러니 제게 어떤 말씀이든 한마디 해주시지 않겠습니까?"

스크루지가 큰 소리로 외치듯 말했다.

그럼에도 유령은 묵묵부답이었다. 다만 손을 들어 앞쪽을 가리킬 뿐이었다.

"저를 이끌어주십시오! 저를 인도해주세요! 이 밤도 금세 지나갈 게 틀림없습니다. 제게는 더없이 소중한 시간이란 것을 잘 알고 있답니다. 부디 저를 이끌어주세요, 유령님!"

유령은 스크루지에게 다가왔을 때처럼 아무 말 없이 천천히 멀어져갔다. 스크루지는 유령이 드리운 옷 그림자 속에 파묻혀 함께 움직였다. 마치 유령의 그림자가 스크루지를 어디론가 신고 가는 것처럼 보였다.

유령과 스크루지가 다다른 곳은 런던 시내였다. 그들이 그곳으로 들어섰다기보다는 런던 시내가 불쑥 솟아올라 저절로 유령과 스크루지를 에워싼 것 같았다. 여하튼 그들은 런던 시내에서도 한복판에 위치한 거래소에 서 있었다. 많은 상인들이 분주히 주변을 오갔다. 이리저리 바쁘게 뛰어다니는 상인들의 호주머니에서 짤그랑거리는 동전 소리가 들리기도 했다. 또 한 무리의 상인들은 함께 모여 두런두런 이야기를 나누는 중이었고, 몇몇은 초조한 표정으로 시계를 들여다보았다. 금으로 만든 큼지막한 안장을 만지작거리면서 골똘히 생각에 잠긴 상인들도 보였다. 그런 모습들은 스크루지에게 매우 익숙한 풍경이었다.

유령과 스크루지는 몇몇 상인들이 모여 이야기를 나누는 곳에서 발걸음을 멈추었다. 유령이 가만히 손을 들어 그들을 가리켰다. 그것을 본 스크루지가 상인들에게 바짝 다가가 어떤 대화를 나누는지 귀를 기울였다.

"아니, 나도 자세히는 몰라요. 다만 그 사람이 죽었다는 사실만 알고 있답니다."

턱살이 뒤룩뒤룩한 뚱뚱한 사내가 말했다.

"언제 죽었다는데요?"

다른 사람이 물었다.

"아마 어젯밤일걸요."

"음, 사인이 뭔지 궁금하군요. 그 사람은 벽에 똥칠할 때까지 살 것 같았는데 말이에요."

커다란 상자에서 코담배를 한 움큼 집어 들며 또 다른 사내가 물었다.

"정확한 사인이야 누가 알겠어요?"

앞서 말한 뚱뚱한 사내가 하품을 하며 대꾸했다.

"그 사람 재산이 상당할 텐데, 그건 어떻게 한답디까?"

수컷 칠면조의 턱 밑에 늘어진 살 같은 혹이 코끝에 매달린 한 신사가 대화에 끼어들었다. 그는 남달리 얼굴빛이 붉었다.

"글쎄요, 그 문제에 대해서는 들은 바가 없소만. 아마도 자기 회사에 남기지 않았겠어요? 저한테 유산으로 넘겨주지는 않았으니까요. 제가 아는 것이라고는 그게 다입니다."

뚱뚱한 사내가 하품을 하며 다시 말했다. 그의 우스갯소리에 사람들이 웃음을 터뜨렸다. 그가 오지랖 넓게 말을 이었다.

"아무튼 장례식은 굉장히 썰렁하게 치러지겠더라고요. 제가 아는 이들 중에는 장례식에 참석하겠다는 사람이 한 명도 없으니까 말입니다. 그러니 돈 들 일도 없을 거예요. 어떻습니까, 이참에 장례식에 참석할 자원봉사자라도 모집해야 하지 않을까요?"

"점심식사는 공짜로 주나요? 그렇다면 한번 생각해보겠습니다만."

코끝에 혹이 매달린 신사가 말했다. 두 사람의 농담에 사람들이 또다시 웃음을 터뜨렸다.

"그래도 그의 장례식에 대해 가장 사심 없는 사람은 저인 것 같군요. 저는 결코 검은 장갑을 끼지 않겠지만, 공짜 점심도 바라지 않으니까 말입니다. 어쨌거나 다른 누가 장례식에 참석한다면 저도 함께 갈까 생각중입니다. 돌이켜보면, 그나마 제가 그 사람과 가까이 지낸 것 같거든요. 우리는 서로 길을 가다가 우연히 만나면 잠시 멈춰 서서 대화를 나누곤 했지요. 아이고, 그의 죽음에 대해서는 그만 얘기합시다. 그럼, 잘들 가세요."

뚱뚱한 사내의 말에, 그 자리에 모였던 사람들이 뿔뿔이 흩어져 저마다 다른 무리들로 섞여들었다. 스크루지는 그들과 모두 알고 지내는 사이였다. 그래서 어떤 설명이라도 좀 해달라는 눈길로 유령을 바라보았다.

유령은 아무 말 없이 미끄러지듯 실거리로 나섰다. 이번에도 유령은 가만히 이야기를 나누고 있는 두 사람을 가리켰다. 스크루지는 자신의 궁금증을 해결할 수 있을지 모른다는 기대로 그들의 대화에 유심히 귀를 기울였다.

그들 역시 스크루지가 아는 사람들이었다. 둘 다 잘 나가는 사업가로 많은 재산을 가진 것은 물론이고, 런던 사회에서 영향력도 상당한 인물이었다. 그동안 스크루지는 그들에게 잘 보이고 싶어 갖은 애를 써온 터였다. 말하나 마나 사업적인 관점에서 말이다. 결단코, 사업적인 측면이었다.

"안녕하십니까?"

그들 가운데 한 사람이 인사했다.

"네, 그간 잘 지내셨는지요?"

다른 사람도 인사를 건넸다.

"소식 들으셨어요? 악마 같은 그 영감이 드디어 세상을 떠났다는군요."

먼저 인사를 한 사람이 말했다.

"그래요, 저도 알고 있습니다. 한데 날씨가 꽤 춥군요."

다른 사람이 고개를 끄덕이며 대꾸했다.

"크리스마스에 걸맞은 날씨지요, 뭐. 스케이트는 안 타세요?"

"네, 저는 안 탑니다. 그럼 다른 볼 일이 있어서 이만!"

둘 사이에 더 이상 다른 대화는 없었다. 그들은 우연히 만나 몇 마디 이야기를 나누고는 금세 헤어졌을 뿐이다.

처음에 스크루지는 유령이 그처럼 사소한 대화를 주목하는 것이 선뜻 이해되지 않았다. 하지만 분명 어떤 숨겨진 뜻이 있을 것이라고 생각해 곰곰이 헤아려보았다. 가만 돌이켜보니, 사람들이 언급한 죽음의 주인공이 동업자 제이콥 말리일 가능성은 거의 없었다. 왜냐하면 그의 죽음은 과거의 일이었으니까 말이다. 게다가 이번에 나타난 유령이 담당하는 영역은 이미 알고 있듯 미래였다. 스크루지는 자신의 주변 사람들 가운데 그와 같은 대화에 어울릴 만한 인물이 금방 떠오르지 않았다. 다만 그 사람이 누구든 자신을 변화시키고 개선시켜줄 교훈이 깃들어 있을 것이라는 점에는 의심의 여지가 없었다. 그래서 그는 방금 전까지 보고 들은 모든 장면을 소중히 간직하기로 마음먹었다. 특히 어느 순간 자신의 환영이 나타나면 더욱 유심히 관찰해봐야겠다고 결심했다. 미래의 자신이 하는 행동을 보면 어떤 실마리를 찾을 수 있을 것이라고 생각했기 때문이다. 그는 사람들의 대화에 감춰져 있는 수수께끼를 어떻게든 풀고 싶었다.

스크루지는 거래소 이곳저곳을 두리번거리며 자신의 모습을 찾아보았다. 그런데 그가 항상 머무르곤 하던 구석진 자리에 다른 사람이 있는 것이 아닌가. 시계를 올려다보니, 평소 스크루지가 거래소를 찾던 시각이었다. 그는 목을 빼고 주위를 두리번거렸다. 하지만 현관을 지나 거래소 안으로 들어오는 사람들 가운데 아무래도 그의 모습을 찾을 수가 없었다. 그렇다고 별로 놀라지는 않았다. 스크루지는 이미 새로운 사람으로 다시 태어나겠다고 명심해오지 않았던가. 그는 눈앞에 펼쳐진 환영 속에서 그와 같은 다짐을 실천해 전혀 다른 모습으로 변모한 자신을 발견하고 싶었다. 간절히, 그렇게 되었기를 소망했다.

스크루지 곁에는 유령이 서 있었다. 유령은 어둠 속에서 앞쪽을 향해 손을 뻗고 있었다. 골똘히 생각에 잠겼던 스크루지가 문득 정신을 차려보니, 유령의 손이 가리키는 방향으로 보아 보이지 않는 두 눈이 자신을 날카롭게 쨰려보고 있다는 느낌이 들었다. 순간 온 몸이 부들부들 떨리면서 등골이 오싹해졌다.

유령과 스크루지는 번잡한 장소를 벗어나 후미진 구석으로 갔다. 스크루지는 그곳의 형편없는 환경과 지독한 악명에 대해 익히 알고 있었지만, 그때까지 한 번도 가본 적이 없었다. 비좁기 짝이 없는 길에 악취가 진동했다. 다 쓰러져가는 허름한 집과 상점들이 보였으며, 헐벗고 술 취한 사람들이 여기저기 나뒹굴었다. 하나같이 너저분하고 남루한 광경이었다. 굴다리 아래와 어둠침침한 골목길에도 불쾌한 냄새가 진동했다. 온갖 더러운 생활 쓰레기들이 길거리로 마구 내팽개쳐진 채 방치되어 시궁창 같지 않는 곳을 찾아보기 어려웠다. 그 지역 전체가 범죄의 온상으로 보였고, 어디를 가나 코를 찌르는 악취에 머리가 지끈거릴 지경이었다.

그토록 악명 높은 빈민굴의 깊숙한 곳에 가게가 하나 자리

잡고 있었다. 그 가게는 낮은 지붕에 처마를 내어 날개를 달았으며, 나지막한 출입문이 앞으로 툭 튀어나온 형태였다. 주로 잡다한 쇠붙이를 비롯해 누더기, 빈 병, 뼈다귀, 비곗덩어리 등을 거래하는 가게였다. 그런 이유로 바닥에는 늘 녹슨 열쇠며 못, 사슬, 경첩, 쇠줄, 저울, 추 따위가 여기저기 나뒹굴기 일쑤였다. 그뿐 아니라 가종 누더기와 뼈다귀, 비곗덩어리 등이 잔뜩 쌓여 있었는데 누구라도 그 속에 숨겨진 비밀을 들여다보고 싶어 하지 않을 것 같았다. 그와 같은 물건들 한가운데에는 낡은 벽돌을 쌓아 만든 석탄 난로가 놓여 있었다. 그 옆에는 70살을 훌쩍 넘긴 듯 보이는 백발의 건달이 앉아 있었다. 노인은 퀴퀴한 냄새가 나는 지저분한 누더기들을 기다란 줄에 커튼처럼 걸어서 가게 안에 으슬으슬 퍼지는 차가운 기운을 차단했다. 그리고는 파이프 담배를 뻐끔거리며 자신의 평화로운 은둔을 만끽했다.

스크루지와 유령이 천천히 노인 앞으로 다가갔다. 그 때 한 여자가 무거운 보따리를 들고 살그머니 가게 안으로 들어서려고 했다. 그리고 곧 그녀의 뒤를 따라 비슷한 보따리를 든 다른 여자도 가게 안으로 걸음을 옮겼다. 그뿐 아니라, 두 번째 여자에 이어 빛바랜 검은색 옷을 입은 남자가 역시 가게 안으로 들어왔다. 두 여자는 서로를 알아보고 깜짝 놀랐다. 남자도 여자들을 보고 화들짝 놀라기는 마찬가지였다. 그 모습에 파이프를 물고 있던 노인이 어리둥절한 표정을 짓자, 세 명의 손님은 일제히 웃음을 터뜨렸다.

"청소부가 일등이야! 그 다음이 세탁부이고, 장의사는 세 번째라고! 조 영감님, 오늘 완전히 대목 만나셨는걸요. 우리 셋이 약속이나 한 것처럼 이 가게로 오다니 말이에요. 정말 기막힌 우연 아니에요?"

처음 가게로 들어선 여자가 말문을 열었다.

"쳇, 여기보다 더 좋은 데가 없어서 그렇겠지."

조 영감은 이렇게 얘기하며 파이프를 잠시 입에서 뗐다. 그리고는 이어 말했다.

"자, 응접실로 들어가자고. 자네야 옛날부터 두 팔 벌려 환영이지. 다른 두 사람도 처음은 아니잖아. 얼른 가게 문을 닫고 올 테니까 잠깐만 기다려. 에이, 왜 이렇게 삐걱대는 거야? 내 가게를 샅샅이 뒤져봐도 이 문의 경첩만큼 녹슨 쇠붙이는 없을 걸? 하기야 나만큼 오래된 뼈다귀는 또 어디 있겠어? 하하하! 이게 모두 우리의 천직이지 뭐야. 그럼, 손발이 척척 맞잖아. 자, 어서 응접실로 들어가. 모두 들어가자고!"

노인이 응접실이라고 말한 곳은 누더기들을 줄에 걸어 만든 커튼 뒤였다. 그는 불길을 좀 더 살리기 위해 난간에 쓰였을 법한 쇠막대기로 난로 속을 들쑤셨다. 또한 밤이었으므로, 파이프 자루를 이용해 시커먼 연기를 내뿜고 있던 등잔불의

심지를 가지런히 다듬은 다음 그것을 다시 입에 물었다.

그 사이, 방금 전에 먼저 말문을 열었던 여자가 들고 있던 보따리를 바닥에 내던지더니 의자로 가서 털썩 주저앉았다. 그리고는 무릎 위로 팔짱을 낀 채 다른 두 사람을 노려보면서 거만한 표정을 지었다. 그야말로 고압적인 태도였다.

"도대체 그게 무슨 상관이야? 그래서 어쨌다는 거냐고, 딜버 부인? 누구나 자기 밥그릇은 자기가 챙겨야지. 그 작자는 항상 그랬단 말이야!"

그 여자가 말했다.

"그건 그래. 그 영감보다 더 지독한 사람이 어디 있겠어?"

세탁부가 대꾸했다.

"그렇다면 잔뜩 겁먹은 사람처럼 서서 멀뚱히 쳐다만 보고 있지 말라고, 이 여편네야! 지금 누가 더 잘났는지 판가름하기 위해 서로 약점이나 잡으려고 여기 온 것이 아니잖아?"

"아니지, 아니고말고."

"맞아, 그러면 안 되지."

여자의 말을 들은 딜버 부인과 남자가 동시에 맞장구를 쳤다.

"좋아, 그럼 됐어! 그걸로 됐다고. 이깟 잡동사니 몇 개 없어졌다고 누가 신경이나 쓰겠어? 죽은 영감이야 당연히 아무 소리도 하지 않을 테고 말이야."

"아무 소리도 하지 않고말고. 그럴 수는 없는 노릇이지, 큭큭."

여자의 말에 딜버 부인이 다시 괴상한 웃음소리를 내며 대꾸했다. 여자의 이야기가 이어졌다.

"우라질, 구두쇠 영감 같으니라고! 죽은 다음에도 재산을 지키고 싶었다면 숨통이 붙어 있을 때 똑바로 살았어야지. 그렇게 인정머리 없이 굴지만 않았어도 누군가 그 영감의 마지막 순간을 곁에서 지켜봐줬을 거야. 낡은 침대에 홀로 누워 저 세상에 가도록 쓸쓸히 내버려두지는 않았을 거라고!"

"옳은 말씀! 그 영감탱이 천벌을 받은 셈이지, 뭐."

딜버 부인이 말했다.

"그 벌이 좀 더 무거웠으면 좋았을걸. 아, 그랬다면 얼마나 신났을까? 그럼 영감의 다른 물건들도 실컷 훔칠 수 있었을 텐데 말이야."

여자가 아쉬운 표정을 지으며 계속 말했다.

"뭐 해요, 조 영감님? 어서 보따리나 풀어보시구려. 얼마나 값을 쳐줄 건지 솔직하게 말해 봐요. 내 보따리를 먼저 풀어봐도 상관없어요. 저 사람들이 뭐가 들었는지 눈을 부릅뜨고 쳐다보겠지만, 어차피 같은 입장인걸 뭐. 여기서 만나기 전에 다들 슬쩍 하느라 정신없었잖아? 이건 죄라고 할 수도 없어. 조 영감님, 빨리 보따리를 풀어 보라니까요!"

그런데 여자의 용감한 동료들은 참을성이 별로 없었다. 아무도 그녀의 말대로 조용히 상황을 지켜보려고 하지 않았다. 먼저 빛바랜 검은 옷을 입은 남자가 냉큼 끼어들어 자기가 훔쳐온 물건들을 꺼내 보였다. 대단하다고 할 만한 것은 눈에 띄지 않았다. 도장 한두 개, 필통 하나, 셔츠 소매에 다는 커프스버튼 한 쌍, 별로 값이 나갈 것 같지 않은 브로치 하나가 전부였다. 조 영감은 헛기침을 하며 꼼꼼히 물건들을 살펴보았다. 그리고는 분필을 들어 자기가 쳐주려는 각각의 물건 가격을 벽에다 쭉 써두더니 더 이상 나오는 것이 없자 그 값을 모두 더했다.

"이것이 자네가 받아갈 금액이네. 한 푼도 더는 줄 수 없어. 설령 나를 끓는 물에 처넣어 삶아버린다고 겁을 줘도 말이야. 다음은 누군가?"

다음 차례는 딜버 부인이었다. 그녀는 침대보와 수건, 몇 번 입지 않아 거의 새것처럼 보이는 옷, 은으로 만든 구식 찻숟가락 2개, 각설탕 집게 한 쌍, 그리고 몇 켤레의 부츠를 내놓았다. 조 영감은 앞서 그랬던 것처럼 딜버 부인이 받을 돈도 벽에다 하나씩 적어두었다.

"난 항상 여자들한테 너무 후해. 이제 내 약점을 넘어서서 자칫 파산할 지경이라니까. 이봐, 이게 자네가 가져온 물건 값이야. 단 한 푼이라도 더 달라고 떼를 쓰면 오히려 반 크라운을 깎아버릴 테니 명심해. 내가 이미 값을 후하게 쳐준 것을 후회하게 만들지 말라고."

조 영감이 단호하게 말했다.

"드디어 내 보따리를 풀어볼 차례가 됐군요, 조 영감님."

맨 처음 가게로 들어선 여자가 채근했다.

그러자 조 영감은 그 보따리를 좀 더 편하게 풀기 위해 아예 바닥에 무릎을 꿇고 앉았다. 몇 번이나 꽁꽁 묶어놓은 매듭을 풀고 보니, 다시 둘둘 말아놓은 보자기가 하나 들어 있었다. 시커먼 천으로 감싼 것이 꽤 묵직해 보였다.

"이게 뭐야? 침대 커튼이로군!"

"그래요, 침대 커튼!"

여자가 조 영감을 향해 쏘아붙이듯 말하며 몸을 앞으로 숙이더니 웃음을 터뜨렸다.

"설마 죽은 영감의 시신이 그대로 있는 침대에서 커튼이며 고리 따위를 모조리 떼어 온 것은 아닐 테지?"

조 영감이 물었다.

"아니, 그렇게 했어요. 뭐 문제라도 있나요?"

여자가 심드렁하게 대답했다.

"자네는 정말 못 말리겠군. 확실히 돈벌이에 관한 한 재능을 타고났어. 언젠가 한몫 단단히 잡을 팔자야."

조 영감이 감탄하듯 중얼거렸다.

"손만 뻗으면 가져올 수 있는 물건을 상황이 그렇다고 멍청하게 지켜볼 수는 없잖아요? 더구나 그런 영감탱이의 물건을 가만 놓아둘 이유는 하나도 없다고요. 내 말을 꼭 새겨들으세요, 조 영감님."

여자의 목소리가 무척 냉랭하게 들렸다. 그 순간, 그녀가 다시 소리쳤다.

"조 영감님, 담요에 기름이 떨어지지 않게 조심하시라고요!"

"그 자가 덮고 있던 담요인가?"

조 영감이 물었다.

"그럼 누구 것이겠어요? 죽은 노인네가 담요를 덮지 않았다고 해서 추위에 벌벌 떨 일은 없잖아요!"

여자가 시큰둥하게 대꾸했다.

"혹시 그 자가 전염병에 걸려 죽은 것은 아닐 테지? 맞지?"

갑자기 조 영감이 물건을 살펴보다 말고 고개를 들어 물었다.

"그런 걱정일랑 붙들어 매세요. 만약 노인네가 전염병에 걸려 죽었다면 우리가 그 곁에 얼쩡거리기나 했겠어요?"

여자는 손사래까지 치며 말하다가 냉큼 말머리를 돌렸다.

"거참, 뭐 그리 눈이 빠져라 셔츠를 살펴보는 거예요? 아무리 꼬투리를 잡으려고 해봤자 소용없어요. 어디 헤진 곳은 고사하고 실밥 하나 터지지 않은 것이 틀림없으니까. 그 영감탱이가 생전에 입었던 셔츠 중에서 가장 좋은 것이라고요. 내가 아니었더라면 사람들이 그냥 버렸을지 모르지만."

"사람들이 그냥 버려? 그게 무슨 뜻이야?"

조 영감이 고개를 갸웃하며 물었다.

"내 말은 사람들이 죽은 노인네를 땅에 파묻기 전에 그 셔츠를 입혀놓았더라는 거예요. 어떤 어리석은 인간이 그런 짓을 했는지, 원! 그래서 내가 얼른 셔츠를 벗겨 챙겨두었어요. 그럴 때 입는 셔츠로는 옥양목이면 충분하지요. 그렇지 않다면 옥양목 셔츠를 어디에 쓰겠어요? 게다가 그 몸뚱이에 입혀놓으니 옥양목이 썩 잘 어울리더라고요. 그깟 영감탱이한테 고급 셔츠를 입혀놓는다고 해서 덜 추해 보이는 것도 아니지요."

스크루지는 그들의 이야기를 들으며 기분이 언짢았다. 건달 노인의 희미한 불빛 아래 모여 훔친 물건을 두고 거래를 하는 광경을 지켜보자니, 시체를 사고파는 무서운 악마들을 보는 양 혐오스럽고 역겨운 느낌이 들었다.

조 영감이 플란넬 가방을 가져와 각자에게 물건 값으로 지불할 돈을 꺼내서 계산하기 시작했다. 그 때 갑자기 여자가 웃음을 터뜨렸다.

"하하하, 결국 이렇게 끝나는걸! 그렇지 않아요? 그 영감탱이, 살았을 적에는 아무도 얼씬거리지 못하도록 매정하게 굴더니만 죽어서는 이렇게 우리를 도와주네, 하하하!"

그 말을 들은 스크루지가 머리끝부터 발끝까지 온 몸을 부들부들 떨었다.

"유령님, 이제 알겠습니다! 알겠어요! 제가 그 불행한 노인 같은 신세가 될 수도 있다는 말씀이지요? 제 인생이 그렇게 흘러가고 있다는 뜻이잖아요? 아, 자비로우신 하나님! 도대체 이게 무슨 날벼락이란 말입니까!"

스크루지는 안타깝게 소리쳤다. 그리고 얼떨결에 소스라치게 놀라며 움찔했다. 왜냐하면 순식간에 환영의 장면이 바뀌었기 때문이다. 그는 어떤 침대에 몸을 부딪힐 뻔했다가 가까스로 위험을 모면했다. 그 침대는 커튼도 없이 휑뎅그렇게 놓여 있었다. 침대 위에는 낡은 침대보를 뒤집어쓴 누군가가 누워 있었다. 그것은 아무 소리도 내지 않은 채 적막에 감싸여 있었지만, 섬뜩한 언어로 자신의 존재를 알렸다.

방 안은 매우 어두웠다. 스크루지는 그 방에 대해 좀 더 알고 싶은 충동에 사로잡혀 주위를 두리번거렸지만, 칠흑같이 캄캄한 어둠 탓에 무엇도 제대로 분간하기 어려웠다. 다만 바깥에서 들어온 희미한 빛줄기 하나가 침대 위를 비추었다. 함부로 약탈당한 그 침대에는 지켜주는 이도, 울어주는 이도, 불쌍해하는 이도 결코 찾아볼 수 없는 한 남자의 시신이 놓여 있었다.

　스크루지가 유령을 흘끔 쳐다보았다. 절대 머뭇거리는 법 없는 유령의 손길이 시신의 머리 쪽을 가리키고 있었다. 침대보가 워낙 허술하게 덮여 있어 스크루지 쪽에서 손가락 하나만 까딱해도 시신의 얼굴이 훤히 드러날 것 같았다. 스크루지는 실제로 그런 행동을 하려고 했다. 그것은 그다지 어렵지 않은 일이었다. 하지만 그는 곁에 있는 유령조차 쫓을 힘이 없었으므로, 침대보를 벗겨낼 엄두를 내지 못했다.

　오, 차갑기 짝이 없고 완고하며 두렵기만 한 죽음이여! 여기에 그대의 제단을 쌓고, 그대의 뜻대로 주검에 수의를 입히도록 하라. 이곳은 그대의 영토가 아닌가! 하지만 사랑과 존경을 받는 명예로운 머리는 무시무시한 의도로 머리카락 한 올조차 함부로 할 수 없으며, 그 어떤 모습도 추악하게 만들어서는 안 된다. 그의 손은 그 무게 때문에 아래로 떨어지는 것이 아니고, 그의 심장과 맥박은 멈추지 않으리라. 그의 손은 너그럽고 관대하고 진실했다. 심장은 용맹하고 따뜻하고 다정했으며, 맥박은 인간답기 그지없었다. 공격하라, 어둠이여! 공격해보아라! 그의 상처로부터 선행이 샘솟아 이 세상에 영생의 씨앗이 뿌려지리라!

　스크루지의 귀에 대고 이런 말을 전하는 목소리가 실제로 있었던 것은 아니다. 그럼에도 망연히 침대를 바라보던 스크루지는 틀림없이 그 말을 들었다. 스크루지는 곰곰이 상상해 보았다. 이 남자가 만약 지금 벌떡 일어날 수 있다면 어떤 생각을 할까? 여전히 탐욕을 부리고 인정머리 없이 굴며, 늘 그렇고 그런 근심 걱정에 다시 매달릴까? 정말이지 그런 삶 때문에 이토록 호화로운 죽음을 맞이했는데 말이다.

그 남자는 어둡고 텅 빈 집에 홀로 누워 있었다. 그의 곁에는 남자건, 여자건, 어린아이건 아무도 없었다. 그 누구도 "생전에 이런저런 일로 참 따뜻하게 대해주셨지. 나를 위로하는 고마운 말씀을 많이 해주셨으니 감사하는 마음으로 이분의 마지막 길을 배웅해야겠어."라며 곁을 지키는 사람이 없었다. 다만 날카로운 발톱으로 문을 마구 긁어대는 고양이의 기척이 들릴 따름이었다. 벽난로의 벽돌 밑에서는 앞니로 뭔가를 긁어대는 생쥐들의 소리가 들렸다. 녀석들은 주검이 누워 있는 어두운 방에서 무엇을 찾는 것인가. 왜 저렇게 초조해하며 안절부절못하는 것인가. 스크루지는 그 까닭을 짐작조차 할 수 없었다.

"유령님, 여기는 정말 무서운 곳입니다! 이곳을 떠나더라도 제가 느낀 교훈은 절대 잊지 않겠습니다. 믿어주세요. 그리고 서둘러 떠나게 해주세요!"

스크루지가 외쳤다.

그러나 유령은 묵묵부답이었다. 여전히 손가락을 움직이지 않은 채 시신의 머리를 가리킬 뿐이었다.

"네, 무슨 말씀인지 알겠습니다. 저도 할 수만 있다면 그렇게 하고 싶지요. 그런데 그럴 힘이 없네요. 정말 힘이 없어요."

스크루지가 말했다. 그는 자신을 바라보는 유령의 시선을 느끼며 거듭 입을 열었다.

"이 남자의 죽음 때문에 어떤 감정에든 휩싸인 사람이 이 도시에 있다면, 그 사람을 제게 보여주십시오. 부탁드립니다, 유령님!"

그러자 유령이 스크루지가 보는 앞에서 검은 옷자락을 날개처럼 활짝 펼쳤다가 접었다. 곧이어 놀랍게도 햇살이 환히 비치는 방이 나타났다. 그 안에 엄마와 아이들이 보였다.

엄마는 이리저리 방 안을 서성이며 누군가를 간절히 기다리고 있었다. 그녀는 희미한 인기척이라도 들리는가 싶으면 화들짝 놀라 창밖을 내다보았다. 그리고 자꾸만 시계를 올려다보면서 초조해했다. 바느질을 하며 신경을 다른 데로 돌리려고도 해봤지만 소용없는 노릇이었다. 아이들이 떠들어대는 소리도 점점 견디기 힘들었다.

그렇게 얼마쯤 시간이 지났을까. 드디어 기다리고 기다리던 노크 소리가 들렸다. 그녀는 허겁지겁 문으로 달려 나가 남편을 맞이했다. 남편은 젊었지만, 왠지 우울하고 근심이 가득한 얼굴이었다. 집에 돌아온 그의 표정에는 언뜻 기쁨의 빛이 어렸다. 그럼에도 그런 감정이 부끄러운지 억지로 아닌 척하느라 애를 썼다.

잠시 뒤, 남편은 난롯가 옆의 식탁에 가서 자리를 잡았다. 식탁에는 자신을 위해 마련된 저녁 식사가 차려져 있었다. 한동안 입을 다물고 있던 아내가 머뭇거리며 무슨 일이냐고 물었다. 남편은 어떻게 대답해야 좋을지 몰라 당황하는 모습이었다.

"좋은 소식인가요? 아님, 나쁜 소식?"

아내가 물었다.

"나쁜 소식이오."

남편이 대답했다.

"그럼 우리는 파산한 건가요?"

"그렇지 않아. 아직 희망은 있소, 캐롤라인."

아내의 낯빛이 어두워졌다.

"행여나 그 사람의 마음이 누그러진다면 그럴 수 있겠지요. 그런 기적이 일어난다면 말이에요."

아내는 몹시 놀란 듯 보였다.

"음, 그 사람의 마음은 절대 누그러질 수 없게 되었소. 죽었거든."

남편이 말했다.

얼굴에 진심이 드러난다고 믿는다면, 아내는 온화하며 참을성이 많은 사람이라고 이야기할 수 있었다. 그럼에도 그녀는 남편의 말을 듣자마자 마음속으로 안도의 한숨을 내쉬었다. 그뿐 아니라 두 손을 맞잡으면서 천만다행이라는 소리를 내뱉기도 했다. 물론 곧바로 하나님께 용서를 빌며 안된 일이라고 덧붙이기는 했지만, 처음 보인 반응이야말로 더없이 진실한 감정이었다.

"어젯밤에 내가 그를 찾아갔다가 반쯤 취한 여자를 만났다고 했잖소. 이제 와서 보니, 그 여자의 말이 사실이었소. 그 사람을 만나 우리의 빚을 갚아야 할 날짜를 일주일만 늦춰달라고 부탁하려고 했는데, 대신 그 여자가 나서기에 나를 회피하려는 핑계인 줄로만 알았지. 그런데 실제로 그는 아프기만 했던 것이 아니라 죽음의 문턱을 넘고 있었던 거요."

남편이 말했다.

"그렇다면 우리의 빚에 대한 권리는 누가 갖게 되는 건가요?"

아내가 물었다.

"그건 나도 모르겠소. 어쨌거나 그 전에 돈을 마련해둬야지. 만약 돈을 준비하지 못하고, 채권 상속자마저 그 사람처럼 무자비한 자라면 우리한테 운이 없는 거겠지 뭐. 하여간 오늘 밤은 오랜만에 홀가분한 마음으로 잘 수 있지 않겠소,

캐롤라인?"

그랬다, 그것은 명백한 현실이었다. 부부는 잠시나마 고민을 떨칠 수 있어 마음이 가벼워졌다. 아빠와 엄마가 무슨 말을 나누는지 짐작도 못할 어린 자식들의 얼굴빛마저 덩달아 환했다. 아이들은 언제부터인가 부모 곁에 모여들어 입을 앙다문 채 귀를 쫑긋 세우고 있었다. 그 남자의 죽음이 이 집에 행복을 가져다주었던 것이다! 그것이 유령이 보여준 남자의 죽음이 불러일으킨 유일한 감정이었다. 기쁨, 오직 그것뿐이었다.

"정녕 사랑받고 동정심을 갖게 하는 죽음은 없나요? 그런 죽음을 제게 보여주세요. 그렇지 않으면 우리가 아까 떠나온 어두운 방의 풍경을 영영 잊지 못할 겁니다."

스크루지가 유령에게 애원했다.

유령은 다시 스크루지를 데리고 어디론가 떠났다. 스크루지는 낯익은 거리들을 지나며 혹시라도 자신의 모습을 발견할 수 있지 않을까 싶어 이리저리 두리번거렸다. 그들은 곧 전에도 스크루지가 방문했던 밥 크래칫의 집으로 들어섰다. 그곳은 여전히 남루해 보였다. 밥의 아내와 아이들이 난롯가에 둘러앉아 있었다.

집 안은 매우 조용했다. 발자국 소리조차 들리지 않았다. 웬 일인지 자주 소란을 피우던 꼬맹이 크래칫 남매마저 돌부

처처럼 꼼짝하지 않은 채 한쪽 구석에 앉아 있었다. 가만 보니, 아이들은 그 앞에 앉아 책을 펼쳐들고 있는 피터를 멀뚱히 올려다보고 있었다. 그 곁에서 엄마와 딸들은 바느질에 몰두했다. 그런데, 아무리 생각해봐도 너무나 조용했다!

"어린아이 하나를 데려다가 그들 가운데 세우시고(마태복음 18장 2절 – 옮긴이 주)."

문득 스크루지의 귀에 들려온 말이었다. 도대체 어디에서 들었더라? 분명 꿈을 꾼 것은 아니었다. 유령과 스크루지가 문지방을 넘어갈 때 피터가 소리내어 읽은 것이 틀림없었다. 그런데 왜 계속 읽지 않는 것일까?

그 때 밥의 아내인 크래칫 부인이 탁자 위에 바느질감을 내려놓았다. 그리고는 두 손으로 얼굴을 가렸다.

"옷 색깔 때문에 눈이 아프구나."

그녀가 말했다.

옷 색깔 때문이라니? 그렇구나, 가여운 꼬마 팀!

밥의 아내가 말을 이었다.

"이제 좀 괜찮아졌단다. 촛불 아래에서 한참 동안 바느질을 했더니 눈이 침침해졌어. 너희들 아빠가 돌아오셨을 때 흐리멍덩한 눈으로 맞이하고 싶지 않은데 말이야. 어이쿠, 이제 곧 아빠가 오실 시간이로구나."

"벌써 그럴 시간이 지났는걸요."

피터가 책을 덮으며 계속 말했다.

"요 며칠 저녁은 아빠의 발걸음이 옛날보다 조금 느려지신 것 같아요, 엄마."

그리고 집 안은 조용해졌다. 식구들 모두 말이 없었다. 잠시 뒤에야 밥의 아내가 차분한 목소리로 다시 말문을 열었다. 웬 일인지 그녀가 잠깐, 말을 머뭇거렸다.

"팀, 귀염둥이 팀을…… 목말 태우고 오실 때는 달랐어. 그땐 아빠의 발걸음이 무척 빨랐지."

"알아요. 그런 모습을 저도 자주 봤어요."

피터가 맞장구를 쳤다.

"저도 봤어요!"

"저도요!"

다른 아이들도 잇달아 소리쳤다. 그랬다, 팀을 목말 태운 아빠의 빠른 발걸음을 모두 본 적이 있었다.

"팀은 정말 가벼웠단다. 게다가 아빠가 그 애를 무척 사랑했으니까…… 그러니까 마치 깃털처럼 가벼우셨을 거야. 이런, 지금 아빠가 돌아오셨나 보다!"

밥의 아내는 남편을 맞이하러 재빨리 달려 나갔다. 몸집이 자그마한 밥이 목도리를 두른 모습으로 집에 들어섰다. 불쌍한 밥, 그에게는 목도리가 꼭 필요했다. 그 시각 벽난로의 시렁 위에는 밥을 위해 준비해둔 차가 놓여 있었다. 아이들은 하나같이 아빠의 시중을 드는 일에 앞장섰다. 꼬맹이 크래칫 남매는 아빠의 양쪽 무릎에 자리를 잡고 올라앉았다. 그리고는 보드라운 뺨을 아빠의 얼굴에 비벼댔다. 마치 "아빠, 슬퍼하지 마세요! 이제 그만 울고 기운 내세요!"라고 이야기를 건네는 것 같았다.

밥은 아이들 덕분에 기분이 한결 나아졌다. 그래서 가족 모두에게 다정하게 말을 붙이기 시작했다. 탁자에 놓인 바느질감을 보고는 아내와 딸들의 일솜씨가 재빠르고 말끔하다며 칭찬을 아끼지 않았다. 일요일이 되기 훨씬 전에 일이 마무리되겠다는 말도 덧붙였다.

"일요일이라고요? 그러고 보니 오늘 다녀왔군요, 밥?"

아내가 말했다.

"그렇소, 여보. 당신도 함께 갔으면 좋았을 텐데. 그곳이 얼마나 푸르렀는지 당신도 봤으면 정말 좋았을 거요. 하지만 앞으로는 자주 찾아가게 될 테지. 내가 일요일마다 가겠다고 약속했거든. 아, 사랑스러운 내 아이! 귀여운 내 아들, 밥!"

밥이 아내의 물음에 대답하며 갑자기 흐느꼈다.

밥이 한순간에 무너져 내렸다. 울컥 북받치는 울음을 어떻게 할 도리가 없었다. 만약 그런 감정을 자제할 수 있다면 아이를 아예 조금 덜 사랑했을 것이고, 그렇다면 이별이 약간은 수월했을는지 모른다.

밥은 아내와 아이들이 있는 곳을 벗어나 위층의 자기 방으로 올라갔다. 그 방에는 불이 환하게 켜져 있었다. 알록달록한 크리스마스 장식물들도 보였다. 언제나 아이 곁에 가깝게 놓아두었던 의자에 다가가 보니, 방금 전까지 누군가 그곳에 머물렀던 흔적이 느껴졌다. 가여운 밥은 의자에 앉아 잠시 생각에 잠겼다. 그리고는 마음을 가라앉힌 뒤 아이의 작은 얼굴에 입을 맞추었다. 그제야 그는 죽음으로 맞은 이별을 가까스로 받아들일 수 있었고, 짐짓 아무 일도 없는 듯 평온한 표정을 지으며 아래층으로 내려갔다.

식구들은 여전히 난롯가에 앉아 이야기를 나누고 있었다. 엄마와 딸들의 손길은 아직도 바느질을 하느라 분주했다. 밥은 스크루지의 조카가 아주 친절한 사람이더라고 식구들에게 얘기했다. 그 이유는 여태껏 단 한 번 만났을 뿐인데, 우연히 길거리에서 마주치자마자 자신에게 무슨 근심이라도 있느냐고 물었기 때문이라는 것이다. 밥은 그런 말을 하면서 혹시라도 식구들이 걱정할까 봐 그 날은 단지 기운이 조금 없었던 것이라고 넛붙였다.

"그는 내가 지금까지 만나본 사람들 중에서 가장 인정이 넘쳤다고 장담할 수 있소. 그래서 내게 일어난 일을 사실대로 털어놓았지. 그랬더니 '거참, 안됐군요. 훌륭한 부인께도 위로의 말씀을 드리고 싶네요.'라면서 내 마음을 다독이더라고.

그러나저러나 그건 또 어떻게 알았는지 모르겠소."

밥의 이야기를 듣던 아내가 고개를 갸웃하며 물었다.

"그분이 뭘 알았다는 건데요, 여보?"

"당신이 더없이 훌륭한 아내라는 사실 말이오."

밥이 대답했다.

"그걸 모르는 사람이 어디 있겠어요."

피터가 부부의 대화에 끼어들었다.

"말 한번 잘했다, 내 아들! 다른 사람들도 모두 그 사실을 알았으면 좋겠구나."

밥은 피터를 칭찬한 뒤 다시 아내를 바라보며 말을 이었다.

"스크루지 씨의 조카는 나와 당신에게 위로의 말을 전한 다음에 이런 얘기도 했소. '혹시 제가 도움이 되어드릴 일이 있을지 모르겠군요. 그렇다면 언제든 저를 꼭 찾아주십시오. 여기 적힌 것이 제 주소입니다.'라고 말이오. 그러면서 자기 명함을 건네더군. 나는 그의 친절에 얼마나 마음이 따뜻해졌는지 모르오. 그 사람이 실제로 우리에게 무엇을 도와줄지는 중요한 문제가 아니잖소. 마치 우리의 사랑스런 팀을 잘 알던 사람처럼 행동하더라니까. 얼굴에도 안타까워하는 빛이 역력했소."

"당신이 장담한 대로 참 좋은 분이네요!"

밥의 아내가 말했다.

"맞소, 당신이 그 사람을 직접 만나 이야기를 나눠보면 그런 생각을 더욱 확신하게 될 거요. 나는 만약 스크루지 씨의 조카가 피터에게 더 나은 일자리를 소개시켜준다고 해도 전혀 놀랍지 않소. 정말 그렇다니까."

"피터, 아빠의 말씀을 잘 들어두어라."

밥의 아내가 살짝 설레는 낯빛으로 말했다.

"그러면 피터 오빠도 여자 친구를 사귈 수 있겠네? 장차 결혼도 하고 말이야!"

여동생들 중 하나가 큰 소리로 외쳤다.

"그런 우스갯소리 하지 마!"

피터가 미소지으며 동생을 나무라는 시늉을 했다.

"아니, 우스갯소리만은 아니지. 아직 세월이 좀 더 흘러야겠지만, 언젠가는 너희도 자기 짝을 만나 저마다 가정을 꾸릴 날이 올 게다. 하지만 그런 날이 오더라도 우리 모두 절대로 불쌍한 팀을 잊어버리면 안 돼. 우리 식구들이 처음 뼈저리게 겪었던 죽음의 이별을 어떻게 잊을 수 있겠니? 그렇지 않아?"

밥이 말했다.

"그럼요, 아빠! 무슨 일이 있어도 잊지 않을 거예요!"

아이들이 한목소리로 외쳤다.

"그래, 마땅히 그래야지. 더불어 우리 집의 귀염둥이 팀이,

비록 어린아이기는 했지만 무척 상냥하고 남다른 인내심을 가졌다는 사실을 명심해야 해. 그러면 앞으로 우리 가족이 사소한 일로 말다툼을 벌이다가도 부끄러움을 느껴 금세 반성하게 될 거야. 아무튼 우리 모두 결코 팀을 잊지 않으리란 것을 아빠는 믿어 의심치 않는단다."

"네, 그런 일은 없을 거예요! 절대로요!"

아이들이 다시 입을 모아 목청껏 소리쳤다.

"아, 아빠는 행복하구나. 너희가 그렇게 약속해준다니 말이야."

밥이 떨리는 목소리로 말했다.

그 때 아내가 밥에게 다가와 살짝 입을 맞추었다. 딸들도 엄마의 행동을 따라했고, 꼬맹이 크래칫 남매도 가만있지 않았다. 다만 피터는 여느 식구들과 다르게 아빠와 악수를 했다. 가여운 팀의 영혼이여! 너의 어린아이다운 순수는 하나님께서 내리셨구나!

"유령님, 어쩐지 우리가 헤어질 시각이 다가왔다는 생각이 드네요. 어떤 작별이 기다리고 있는지는 모르겠지만, 그냥 그렇다는 겁니다. 그러니 부디 말씀해주십시오. 아까 보았던 시신의 정체가 누구인지 말입니다."

밥의 가족을 조용히 지켜보고 있던 스크루지가 유령을 부르며 말했다.

미래의 크리스마스 유령은 얼마 전 상인들이 모여 있던 장소로 다시 스크루지를 데려갔다. 그런데 그 때와는 시간대가 다른 것 같았다. 실은 유령이 보여준 미래의 환영들에 한 가지 특징이 있었다. 그것은 모두 미래의 환영이었지만 시간상으로는 앞뒤가 전혀 없이 뒤죽박죽이었다는 점이다. 스크루지는 먼젓번에도 그랬듯이 자꾸만 주위를 둘러보았다. 하지만 자신의 모습은 여전히 보이지 않았다. 게다가 유령은 어느 한 자리에 오래 머무르는 법 없이 급히 가야 할 목적지라도 있는 듯 곧장 앞으로 나아갔다. 그 바람에 스크루지는 유령에게 잠시만 기다려달라고 애원해야 했다.

"이쪽 골목길 말인데요…… 지금 우리가 지나가고 있는 이 골목길에 제 사무실이 있습니다. 평생 일에만 몰두해온 곳이지요. 아, 저기 사무실이 보이네요. 미래의 제가 어떤 모습일지 잠깐 보고 갈 수 있도록 허락해주세요."

그제야 유령이 멈춰 섰다. 한데 유령은 손을 들어 다른 곳을 가리켰다.

"제 사무실은 저쪽인데, 왜 엉뚱한 곳으로 가자고 하시나요?"

스크루지가 큰 소리로 따져 물었다. 그러나 유령의 냉정한 손가락은 미동도 하지 않았다.

스크루지는 냅다 자신의 사무실 쪽으로 달려갔다. 그리고 안을 들여다보았는데, 여전히 사무실이기는 했지만 자신이 사용하던 때의 모습이 아니었다. 이런저런 사무용품들이 전부 달라져 있었고, 의자에 앉아 일을 하는 사람도 낯설었다.

스크루지는 유령 곁으로 돌아왔다. 유령의 손가락은 변함없이 다른 곳을 가리키고 있었다. 스크루지는 사무실에 자신의 모습이 보이지 않는 까닭이 궁금했다. 어디 잠시 볼 일이 있어 외출이라도 한 것일까? 스크루지는 몹시 궁금해 하며 다시 유령을 따라갔다. 그들은 곧 커다란 철문 앞에 도착했다. 그 안으로 들어서기 전에, 스크루지는 잠시 주위를 둘러보았다.

교회에 부속된 공동묘지였다. 그곳에 머지않아 스크루지가 정체를 알게 될, 비참하기 짝이 없는 남자가 땅 속에 누워 있었다. 그에게 그보다 어울릴 만한 장소는 없어 보였다. 그곳은 크고 작은 집의 단단한 벽들이 에워싸고 있었는데, 주검의 에너지로 성장해 차마 생명이라고 부르기 어려운 잡초들이 마구 우거진 환경이었다. 더구나 무덤들의 수는 왜 그렇게 많은지 바라보고 있으면 숨이 턱 막힐 지경이었다. 그 땅은 엄청난 식욕으로 충만해 있었다. 그러니 그 남자에게 딱 걸맞은 곳이라고 할밖에!

유령은 무덤들 사이로 가서 그 중 하나를 손가락으로 가리켰다. 스크루지는 자기도 모르게 덜덜 떨리는 몸을 겨우 가누며 그 무덤으로 다가갔다. 유령의 태도는 지금까지와 다를 바가 전혀 없었다. 그럼에도 스크루지는 유령의 엄숙한 모습에서 뭔가 이상한 낌새를 눈치채고 두려움에 떨었다.

"유령님, 제가 그 무덤에 다다르기 전에 한 가지만 대답해주십시오. 지금 유령님이 보여주시는 환영이 앞으로 반드시 일어날 일들인가요? 아니면 그럴 가능성이 있는 일들일 뿐인가요?"

스크루지가 진지한 표정으로 물었다.

그럼에도 유령은 아무런 대꾸 없이 자기 옆의 무덤만을 가리켰다.

"모든 사람들이 살아가는 모습은 그 삶이 어떤 종착점에 이르게 될지 짐작할 수 있게 하지요. 하지만 살아가는 과정이 달라진다면, 삶의 종착점도 분명 바뀔 겁니다. 그러니까 유령님이 제게 보여주시는 환영 역시 충분히 변화될 수 있는 것이라고 말씀해주십시오."

그러나 유령은 꼼짝 않고 제자리에 서 있을 뿐이었다.

스크루지는 몸을 부들부들 떨며 무덤 옆으로 바짝 다가섰다. 그리고 유령이 가리키는 곳을 유심히 쳐다보다가 두 눈이 휘둥그레졌다. 아무렇게나 방치된 듯한 무덤의 묘비에는 낯익은 이름이 적혀 있었다. 에브니저 스크루지!

"아니, 그럼 커튼도 사라진 침대에 누워 있던 사람이 저란 말입니까?"

스크루지가 털썩 무릎을 꿇고 주저앉으며 소리쳤다. 유령은 아무 말 없이 손가락을 들어 스크루지를 가리키더니, 다시 무덤 쪽으로 방향을 돌렸다.

"으악! 안 돼요, 안 돼! 부디 제가 아니라고 말씀해주세요, 유령님!"

하지만 유령의 손가락이 가리키는 대상은 달라지지 않았다.

"유령님, 제발 제가 하는 말을 좀 들어주세요! 저는 이미 과거의 제가 아니랍니다! 유령님을 만나지 않았더라면 이 무덤의 주인 같은 인생을 살았겠지만, 전 이제 절대로 인색한 삶을 살지 않을 겁니다. 제게 희망이 남아 있지 않다면 이런 환영을 보여주실 까닭도 없을 테지요?"

스크루지가 유령의 옷자락을 거세게 움켜잡으며 외쳤다. 처음으로 유령의 손이 살짝 흔들렸다.

"누구보다 너그러우신 유령님, 드디어 저를 불쌍하게 여기시는군요! 저를 도와주십시오! 제가 앞으로 달라진 인생을 살아간다면 이 환영을 변화시킬 희망이 아직 남아 있다고 말씀해주세요!"

스크루지는 몸을 내던지다시피 유령 앞에 엎드려 간청했다. 그제야 유령은 동정심이 발동했는지 방금 전보다 손을 더 떨었다.

"앞으로 저는 온 정성을 다해 크리스마스를 기념하겠습니다. 일 년 내내 그 의미를 잊지 않고 살도록 노력하겠습니다. 과거와 현재와 미래의 환영을 보여주신 유령님들의 뜻을 명심하겠습니다. 세 분 크리스마스 유령님들이 깨닫게 해주신 교훈을 가슴 속에 깊이 새겨 지금까지와는 전혀 다른 삶을 살겠습니다. 그러니 제발, 이 묘비에 적힌 이름을 제가 지울 수 있을 것이라고 말씀해주세요!"

스크루지는 괴로워하며 덥석 유령의 손을 잡았다. 유령은 그 손길을 뿌리치려고 했지만 마음대로 되지 않았다. 스크루지는 간절함이 워낙 컸기 때문에 평소 같으면 상상하기 어려운 힘을 발휘하여 유령의 손을 꽉 붙들었던 것이다. 하지만 그 힘겨루기의 승자는 결국 유령이었다. 스크루지는 아무래도 유령의 힘을 당해낼 수 없었다.

스크루지는 마지막 안간힘을 다해 자신의 미래가 바뀌게 해달라고 두 손 모아 기도했다. 그 사이 유령이 두건과 옷 속에서 서서히 변신을 시작했다. 그 몸이 쪼그라들면서 점점 작아지더니 마침내 침대 기둥으로 변해버린 것이다.

제5장

마지막 이야기

그랬다! 그 침대 기둥은 스크루지의 것이었다. 침대도, 방도 그의 것이었다. 절로 안도의 한숨이 나왔다. 하지만 무엇보다 기쁜 점은 따로 있었다. 그것은 지금까지 저질러온 잘못을 바로잡을 시간이 아직 남아 있다는 사실이었다!

"앞으로는 과거와 현재와 미래의 환영을 보여주신 유령님들의 뜻대로 살아가야지. 세 분 크리스마스 유령님들 덕분에 깨우친 것을 꼭 실천할 거야. 아, 제이콥 말리! 내가 지금 하나님과 크리스마스를 찬양하고 있다네! 이렇게 공손히 무릎을 꿇고 말이야. 그래, 무릎을 꿇고 말일세!"

스크루지가 침대를 빠져나오며 중얼거렸다.

그의 가슴속 깊은 곳에서 선한 의지가 불타올랐다. 그 바람에 어찌나 흥분했는지 뺨이 발갛게 달아오르고 목이 콱 막혀 쉰 목소리마저 제대로 나오지 않았다. 미래의 크리스마스 유

령에게 간절히 애원하면서 얼마나 울먹였던지 얼굴에는 아직
도 눈물자국이 남아 있었다.

"아직 그대로 있군!"

스크루지가 한쪽 팔로 침대 커튼을 쥐어 잡으며 소리쳤다.
그의 말이 이어졌다.

"고리도 그대로야. 모두 멀쩡하다고! 그래, 전부 예전처럼
원래 자리에 있어. 나도 그렇고. 이제 내가 보았던, 장차 그
렇게 될지도 모를 미래의 환영을 물리치겠어. 내가 그 환영을
없애버릴 거라고. 틀림없이 그렇게 되리라는 것을 나는 확신
해! 그럼, 그렇다마다!"

스크루지는 혼잣말을 하며 허둥지둥 옷을 챙겨 입었다. 웬
일인지 옷의 안팎을 뒤집어 입더니 위아래를 바꿔 입기도 했
다. 또 옷자락에 발이 걸려 천이 찢어지게 만들더니 다른 옷
을 찾는다며 이곳저곳 정신없이 뒤지고 다녔다. 아무튼 옷 한
번 입으려고 별별 어처구니없는 짓을 다했다.

"거참, 무엇부터 해야 할지 모르겠어! 마치 깃털처럼 마음
이 가볍고 천사처럼 행복해. 어린아이마냥 즐겁기도 하고 말
이야. 또 술 취한 사람처럼 기분이 싱숭생숭하기도 하네. 메
리 크리스마스! 모두에게 하나님의 축복이 가득하길! 모두모
두 새해 복 많이 받길!"

스크루지의 표정은 웃는지 우는지 잘 분간되지 않았다. 그

는 양말을 이용해 라오콘 상(그리스 헬레니즘 시대의 대리석 조각으로, 라오콘이 두 아들과 함께 교살되는 과정에 괴로워하는 모습을 표현함 – 옮긴이 주)을 흉내내기도 하며 한껏 들떠 있었다.

스크루지는 신나게 거실로 달려가 걸음을 멈추더니 가쁜 숨을 몰아쉬었다.

"오트밀을 담아두었던 냄비가 아직 저기 있구나!"

스크루지는 이렇게 소리치며 다시 난롯가로 달려갔다. 그의 발걸음이 무척 경쾌했다.

"저쪽 문으로 제이콥 말리의 유령이 들어왔더랬지! 현재의 크리스마스 유령님은 저기 저 구석에 앉아 계셨고 말이야! 저 창문 밖에는 떠돌아다니는 유령들이 보였어! 그래, 맞아. 틀림없어. 모두 실제로 일어났던 일이라고, 하하하!"

뜻밖에 썩 호쾌한 웃음소리였다. 몇 년째 웃는 연습이라고는 해보지 않은 사람이라고 쉬 믿어지지 않을 정도였다. 그는 웃는 데 소질이 있었다. 대를 이어가도 좋을 멋진 웃음이라고 할 만했다.

"흠, 오늘이 며칠인지 헷갈리는군! 내가 얼마나 오랫동안 유령님들과 함께 돌아다녔던 걸까? 아무것도 모르겠어. 어린아이나 다름없이 되어버렸지 뭐야. 하지만 그게 대수야? 상관없어. 그냥 이렇게 아이처럼 산다고 해도 나쁠 건 없다고!

와, 야호! 신난다!"

그 때 종소리가 울려 퍼졌다. 여태껏 스크루지가 들어본 종소리들 중에 가장 활력이 넘치는 것이었다. 뎅그렁, 댕! 뎅그렁, 뎅그렁, 댕! 뎅그렁, 뎅그렁, 댕! 그야말로 아름다운 종소리였다. 그는 그제야 가까스로 일렁이는 마음을 가라앉혔다.

스크루지는 창가로 자리를 옮겼다. 그는 창문을 열고 머리를 내밀어 거리를 살펴보았다. 날씨는 여전히 추웠지만, 안개가 완전히 걷혀 상쾌한 기분을 만끽하기에 충분했다. 오죽하면 혈관의 피가 춤을 추듯 기운차게 몸속을 도는 것이 느껴졌을까. 하늘은 높았고, 차가운 공기는 달콤했다. 햇살은 금빛으로 부서져 내렸다. 종소리는 얼마나 흥겹고 어여쁘게 울려 퍼졌던가. 스크루지는 눈에 보이는 것이 모두 다 영광스러웠다!

"얘야, 오늘이 며칠이니?"

스크루지가 말쑥하게 옷을 차려입고 골목길을 내려오는 소년에게 큰 소리로 물었다. 아마도 그 아이는 이렇다 할 일 없이 주변을 어슬렁거리고 있는 듯했다.

"네? 지금 뭐라고 하셨어요?"

소년이 어리둥절해하며 되물었다.

"오늘이 며칠이냐고 물었다."

스크루지가 소년과 눈을 맞추며 또박또박 말했다.

"오늘이요? 크리스마스잖아요!"

소년이 고개를 갸우뚱하며 크게 외쳤다.

"크리스마스라고! 그렇구나, 크리스마스가 지나가버린 것이 아니었어. 세 분 유령님들이 하룻밤 사이에 그 일들을 다 해내신 거로군. 하기야 그분들에게 불가능한 일이란 없을 테지. 그렇고말고. 지당한 말씀이야!"

스크루지는 이렇게 중얼거리며 다시 소년을 불렀다.

"애야!"

"왜요?"

소년이 대꾸했다.

"너, 이 블록을 지나 다음 길모퉁이에 있는 푸줏간을 알고 있니? 닭고기랑 칠면조고기를 파는 곳인데."

스크루지가 물었다.

"그럼요, 알지요."

소년이 자신만만하게 대답했다.

"그래, 참 똑똑하구나! 아주 총명한 아이야! 그런데 혹시 그 가게에 걸려 있던 커다란 최고급 칠면조고기가 팔렸는지 알고 있니? 그냥 큼지막한 것이 아니라, 아주 큰 칠면조고기란다."

"아주 크다니요? 저만큼 크기라도 하단 말인가요?"

소년이 짓궂은 표정으로 되물었다.

"허허, 재치 있는 녀석이로구나! 너한테 물어보길 정말 잘했다. 그래, 바로 그만한 칠면조고기를 얘기하는 거야."

"그 칠면조고기라면 지금도 걸려 있던걸요."

"그래? 그럼 네가 가서 그 칠면조고기를 사다줄 수 있겠니?"

스크루지가 환한 미소를 지으며 부탁했다.

"제가요? 지금 농담하시는 거죠?"

소년의 얼굴에 살짝 당황한 빛이 스쳐 지나갔다.

"농담이라니. 진심이란다! 어서 가서 그 칠면조고기를 산 다음 여기로 가져오면 어느 집에 배달해야 되는지 내가 알려 주겠다고 해라. 가게 점원과 함께 오거라. 물론 공짜로 심부름을 시키는 건 아니다. 그 대가로 일 실링을 주마. 부지런히 서둘러서 오 분 안에 돌아오면 반 크라운을 더 쳐주고!"

그러자 소년은 언제 말대꾸를 했느냐는 듯 칠면조고기를 사러 부리나케 달려갔다. 아이가 얼마나 빨랐느냐 하면, 누가 방아쇠에 손가락을 걸고 있다가 총알을 발사했더라도 그 속력의 절반조차 되지 못할 것 같았다. 소년이 멀리 사라진 뒤, 스크루지는 마음이 바빠 거푸 손바닥을 비벼댔다.

"밥 크래칫의 집으로 칠면조고기를 보내야지! 누구의 선물인지 짐작도 못할 거야. 그 칠면조고기라면 어린 팀의 몸집보다 두 배는 크지 않을까? 아, 생각만 해도 설레는걸. 유명한 희극작가 조 밀러도 그렇게 커다란 칠면조고기를 밥의 집에 보내는 것 같은 흥미로운 에피소드를 말들어내지는 못할 거야!"

스크루지는 얼굴 가득 미소를 머금으며 중얼거렸다.

그는 일찌감치 밥 크래칫의 집주소를 적기 시작했다. 왜 그런지 손이 자꾸 떨려 힘들게 그 일을 끝마쳤다. 다음에 그는 아래층으로 내려가 현관문을 활짝 열어두었다. 그리고 스크루지는 그 자리에 서서 칠면조고기를 가져올 가게 점원을 기다렸다. 얼마나 시간이 지났을까. 문득 문고리가 그의 눈길을 붙들었다.

"내가 살아 있는 동안에는 이 문고리한테도 잘해줘야겠어. 전에는 눈여겨보지 않아 몰랐는데, 이제 보니 제법 정직하게 생겼는걸! 훌륭한 문고리야!"

스크루지가 문고리를 어루만지며 혼잣말을 했다. 그 때 인기척이 느껴졌고, 그가 소리쳤다.

"드디어 칠면조고기가 도착했군! 어서 들어오시오, 메리 크리스마스!"

막 현관문으로 들어서는 가게 점원을 향해 스크루지가 먼저 인사를 건넸다. 그것은 분명 칠면조고기였다! 얼마나 몸집이 컸는지, 살았을 적에 어떻게 두 다리로 서 있었을까 싶었다. 그 정도로 굉장한 크기였다. 아무리 봐도 두 다리로 섰다가는 채 1분도 지나지 않아 촛농으로 봉한 편지봉투가 툭하고 어이없이 뜯기듯 발목이 부러질 것 같았다.

"어이쿠, 이걸 가지고 캠든 타운까지 걸어가기는 어렵겠는 걸. 마차를 타고 가야겠어."

스크루지는 이렇게 말하며 뜬금없이 웃음을 터뜨렸다. 가게 점원에게 칠면조고기 값을 치르면서도 허허 웃었고, 마차 요금을 따로 내주면서도 껄껄 웃었다. 소년에게 약속한 심부름 값을 건네면서도 마찬가지였다. 그는 웃다가 지쳐 가까이 놓여 있던 의자에 털썩 주저앉아 숨을 고르려고 했지만 좀처럼 웃음을 멈출 수가 없었다. 급기야 너무 웃어 눈물까지 글썽일 지경이었다.

스크루지는 면도를 하면서도 손이 자꾸 떨렸다. 그런 까닭에 일상적으로 해오던 그 일이 결코 쉽지 않았다. 어느 때든 면도를 하려면 각별한 주의가 필요한 법이다. 이를테면 춤을 추면서 면도를 할 수는 없는 노릇 아닌가. 하지만 그 날 스크루지는 설령 면도를 하다가 코끝을 베었다 하더라도 반창고 나 하나 척 붙이고 말았을 것이다. 그러거나 말거나 여전히 기분은 전에 없이 만족스러울 것이 틀림없었다.

잠시 뒤, '가장 좋은 옷'으로 차려입은 스크루지가 집을 나섰다. 사람들이 쏟아져 나와 거리가 붐볐다. 그 시각쯤 현재의 유령과 함께 비슷한 풍경을 보았던 것이 생각났다. 스크루지는 뒷짐을 지고 걸으면서 만나는 사람 모두에게 다정히 인사를 건넸다. 그의 상냥한 모습에 기분이 좋아진 사람들도 반갑게 인사했다.

"안녕하세요? 메리 크리스마스!"

홋날 스크루지는 그 날 사람들과 인사를 주고받은 기억을 기쁘게 떠올리고는 했다. 그는 그 때까지 들었던 어떤 말보다 사람들의 진심어린 인사가 가장 마음을 즐겁게 했다고 추억했다.

얼마쯤 길을 걸었을까. 스크루지는 자신을 향해 다가오는 몸집 좋은 남자를 보았다. 그는 어제 사무실에 찾아와 "여기가 '스크루지 말리 상회' 맞지요?"라고 물었던 신사였다. 스크루지는 그 사람이 자신을 어떻게 생각하며 바라볼까 가슴이 뜨끔했다. 하지만 그는 어제의 스크루지가 아니었다. 그는 자기가 나아가야 할 길을 잘 알고 있었고, 주저 없이 그 길로 걸음을 내딛었다. 스크루지는 재빨리 신사에게 다가가더니 덥석 손을 잡았다.

"선생님, 반갑습니다. 어제는 하시는 일에 얼마나 성과가 있었는지 모르겠네요. 참 좋은 일을 하시더군요. 저 같은 사람까지 찾아와주셔서 고마웠습니다. 모쪼록 즐거운 크리스마스가 되시기 바랍니다!"

"스크루지 씨인가요?"

신사가 두 눈을 동그랗게 뜨며 물었다.

"네, 맞아요. 스크루지입니다. 혹시 제 이름이 선생님을 불쾌하게 만들지는 않았을까 염려되는군요. 부디 어제의 무례를 용서해주십시오. 그리고 제 부탁을 하나 들어주셨으면 하는데……."

스크루지는 잠시 말문을 닫더니 곧 신사에게 뭔가 귓속말을 속삭였다. 그의 이야기를 듣는 신사의 표정이 심상치 않았다.

"아, 세상에! 스크루지 씨, 그게 정말입니까?"

신사는 숨까지 가쁘게 내쉬며 소리쳤다.

"그럼요, 정말이고말고요. 진심입니다. 거기서 동전 한 닢도 빼지 않겠습니다. 그 돈에는 지금껏 제가 내지 못했던 몫이 포함되어 있지요. 제 부탁을 들어주시겠지요?"

스크루지의 표정에 미소가 번졌다.

"오, 스크루지 씨! 이럴 때 제가 무슨 말씀을 드려야 할지……. 그렇게 큰돈을 선뜻 내주시겠다니요!"

신사는 자기도 모르게 스크루지와 맞잡은 손을 흔들어댔다.

"그만! 더 이상 아무 말씀 말아주십시오. 그리고 언제 한번 제 사무실에 방문해주세요. 그렇게 해주시겠지요?"

스크루지가 말했다.

"아이고, 당연하지요. 꼭 들르겠습니다!"

신사가 우렁차게 대답했다. 그가 머지않아 스크루지의 사무실에 방문하는 것은 분명한 사실이었다.

"여러모로 고맙습니다. 제가 선생님께 신세를 지는군요. 정말 감사드립니다. 선생님께 하나님의 은혜가 가득하기를 바랍니다!"

두 사람은 그렇게 일단 헤어졌다.

스크루지는 이렇다 할 목적 없이 계속 거리를 거닐었다. 그냥 가만히 이리저리 바쁘게 오가는 사람들을 지켜보았고, 즐겁게 뛰어노는 아이들의 머리를 쓰다듬어주었다. 아주 오랜만에 교회에도 가보았고, 구걸하는 걸인에게 적선하며 이것저것 묻기도 했다. 또 길가에 늘어선 집들의 부엌을 슬며시 엿보거나 창문을 올려다보았다. 그 모든 일이 스크루지에게는 색다른 기쁨을 안겨주었다. 어제의 그였다면 그깟 산책 따위로 무슨 행복을 느낄 수 있느냐며 절레절레 고개를 가로저었을 것이 틀림없었다. 얼마 후 오후가 되자, 스크루지는 조카의 집으로 발걸음을 옮겼다.

하지만 조카의 집에 다다른 뒤, 스크루지는 좀처럼 계단을 올라가 문을 두드릴 용기가 나지 않았다. 아마 열두 번도 더 그 집 앞을 왔다 갔다 했을 것이다. 그렇게 한참이나 망설이던 스크루지는 마침내 용기를 내 문을 두드렸다.

"주인아저씨가 집에 계신가?"

집 밖으로 나온 어린 가정부에게 스크루지가 물었다. 아주 상냥한 가정부였다.

"네, 선생님."

가정부가 공손히 대답했다.

"지금 어디에 계시지?"

"식당에 계십니다, 사모님과 함께. 제가 위층으로 안내해드릴까요?"

"아니, 말은 고맙지만 괜찮아. 주인아저씨와 나는 잘 아는 사이란다. 그러니 혼자 식당으로 올라가볼게."

스크루지는 한달음에 식당으로 향했다. 그리고 손잡이를 가볍게 잡아 문을 열고는 살며시 얼굴을 들이밀었다.

마침 조카 부부는 이런저런 음식들을 담은 그릇들이 줄지어 놓인 식탁을 바라보고 있었다. 많은 젊은 주부들이 그런 점에 예민했다. 조카며느리 역시 모든 것이 완벽하게 준비되었는지 살피고 또 살폈다.

"이보게, 프레드!"

스크루지가 조카를 불렀다.

그 순간, 조카며느리는 머리카락이 쭈뼛할 만큼 화들짝 놀랐다. 입이 떨어지지 않아서 그렇지 "아이쿠, 간 떨어지겠네!" 하는 소리가 절로 나올 지경이었다. 스크루지는 조카의 얼굴을 바라보며 이름을 부르느라 조카며느리의 존재를 잠시 깜빡했다. 그런 사태가 벌어질 줄 알았다면, 스크루지는 결코 섣불리 행동하지 않았을 것이다.

"아니, 이럴 수가! 이게 누구신가요?"

조카가 믿을 수 없다는 표정으로 소리쳤다.

"얘야, 네 삼촌이란다. 함께 저녁식사나 하려고 왔지. 안으로 들어가도 괜찮겠니, 프레드?"

안으로 들어가도 괜찮겠느냐고? 두말 하면 잔소리였다. 조카가 어찌나 반갑게 맞이하며 악수를 건네는지, 삼촌의 팔이 마구 흔들리다 빠지지 않은 것이 다행이었다. 스크루지는 그곳에 온 지 5분도 지나지 않아 자기 집처럼 편안함을 느꼈다. 조카는 지극정성으로 삼촌을 대접했다. 조카며느리도 마찬가지였다. 얼마 지나지 않아 토퍼와 조카의 처제들이 그 집을 찾아왔는데, 모두 하나같이 스크루지의 출현을 기뻐했다. 곧 즐거운 파티가 열렸고, 서로 어울려 갖가지 놀이를 했다. 그곳에 모인 모든 사람들이 신나게 웃고 떠들었다. 그야말로 행복이 넘치는 밤이었다!

이튿날, 스크루지는 간밤에 늦게 잠들었으면서도 일찌감치 사무실로 나갔다. 꽤나 이른 시각이었다. 그는 먼저 사무실에 앉아 있다가 자기보다 늦게 출근하는 밥 크래칫을 짐짓 꾸짖어 줄 생각이었다.

스크루지의 예상은 정확히 맞아떨어졌다. 그렇다, 그는 해내고야 말았다! 시계가 9시를 알리는데도 밥은 사무실에 들어서지 않았다. 지각이었다. 15분이 지나도록 밥은 여전히 모습을 나타내지 않았다. 잠시 후 밥이 출근했을 때, 시간은 9시에서 18분 하고도 30초가 지나 있었다. 스크루지는 밥이 골방 같은 자신의 자리에 앉는 것을 지켜보려고 사무실의 문을 전부 활짝 열어놓았다.

밥은 사무실에 들어서기 전부터 바쁘게 모자와 목도리를 벗었다. 그리고는 냉큼 의자에 앉자마자 지각한 시간을 벌충하려는 듯 부지런히 펜을 놀렸다. 그 사이 뒤통수가 무척 따가웠지만 차마 고개를 돌릴 수가 없었다.

"이보게! 무슨 똥배짱으로 이렇게 늦게 출근하는 건가?"

스크루지가 최대한 예전의 목소리를 내려고 애쓰며 밥을 나무랐다.

"죄송합니다, 사장님. 어쩌다 보니 제가 지각을 하고 말았습니다."

밥은 잔뜩 움츠러든 목소리로 대답했다.

"지각한 것을 알긴 알고 있군. 나도 그렇게 생각하네. 한데, 자네 이리 좀 와보게."

스크루지가 너무나 익숙한 싸늘한 표정으로 말했다. 밥이 의자에서 일어나며 머리를 조아렸다.

"사장님, 지난 일 년 동안 단 한 번뿐이었습니다. 어제 식구들과 밤늦도록 이야기를 나누다보니 일찍 잠에서 깨지 못했지요. 다시는 이런 일이 없도록 하겠습니다."

밥이 간절히 애원했다. 그럼에도 스크루지는 어서 가까이 오라는 듯 손짓을 했다.

"이보게, 자네에게 할 말이 있어 그러네. 난 더 이상 이런 식으로 살아가는 것을 참을 수 없게 됐어. 그래서…… 자네의 급료를 올려주기로 마음먹었네!"

스크루지는 이렇게 말하며 의자에서 벌떡 일어섰다. 그리고는 손가락으로 밥의 가슴을 장난스럽게 쿡쿡 찔러댔다. 그 바람에 겁을 집어먹은 밥은 자기 방으로 뒷걸음질을 쳤다.

밥은 부들부들 몸을 떨며 기다란 막대 자가 있는 곳으로 다가갔다. 그는 순간적으로, 얼른 막대 자를 들어 스크루지를 때려눕혀야겠다는 생각이 들었다. 그런 다음 밖으로 달려 나가 길 가는 사람들에게 죄수복을 갖다달라고 소리치고 싶었다. 그런데 그 때, 귀를 의심할 수밖에 없는 소리가 들렸다!

"즐거운 크리스마스를 보냈나, 밥?"

스크루지가 밥의 등을 가볍게 두드리며 물었다. 그의 질문이라고는 도저히 믿어지지 않을 만큼 부드러운 목소리였다. 그것은 결코 거짓이나 실수가 아니었다. 그의 말은 계속 이어졌다.

"앞으로는 매년 내가 허락했던 것보다 훨씬 더 즐거운 크리스마스를 보내게 되기를 바라네. 난 이미 약속했듯 자네의 급료를 올려주고, 고생하는 식구들이 조금이나마 맘 편히 살아갈 수 있게 도와주고 싶어. 오늘 오후에 나랑 포도주 한잔 하는 게 어떤가? 따뜻하게 데운 포도주 잔을 앞에 두고 자네의 집안일에 대해 상의해보자고. 그런데 밥, 사무실이 춥지 않나? 난롯불을 좀 더 지펴보게. 아니, 다시 일을 시작하기 전에 석탄부터 한 통 사오는 것이 좋겠군. 그렇지 않나, 밥?"

스크루지는 유령들에게 한 약속보다 더 많은 것을 베풀었다. 자신이 말한 것을 모두 실천했을 뿐만 아니라, 또 다른 선행을 계획해 즉각 행동으로 옮겼다. 아울러 병약한 팀(아이는 죽지 않았다!)에게는 양아버지가 되어주기도 했다. 스크루지의 이름은 날이 갈수록 런던을 비롯해 여러 도시로 알려졌다. 이번에는 옛날과 달리 좋은 친구로, 남을 배려할 줄 아는 사업가로, 선량한 시민으로 유명세를 떨쳤다. 이따금 변화된 스크루지를 보고 비웃으며 수군대는 사람들이 있기는 했지만, 그러거나 말거나 그는 신경쓰지 않았다. 세상의 어떤 선행도 그와 같은 조롱과 의심 속에서 시작된다는 것을 알고 있었기 때문이다. 그만큼 스크루지는 슬기롭고 꿋꿋했다. 그는 차라리 근거 없는 비난이 들려올 적마다 눈을 감아버리기로 마음먹었다. 마음이 건강하지 못한 사람들이 하고 싶은 말을 못해 병을 앓기보다는 비웃음이라도 웃느라 눈가에 주름이 생기는 편이 낫다고 판단했던 것이다. 어쨌거나 스크루지는 하루하루 기쁨으로 충만했다. 그 이상 더 바랄 나위가 없었다.

그 후 스크루지는 유령을 다시 맞닥뜨리지 않았다. 하지만 언제나 변함없이 '완벽한 금욕주의자'로 살았다. 그런 그의 모습을 보고 사람들은 얘기했다. 이 세상에서 크리스마스를 가장 즐겁고 보람되게 보내는 사람이 있다면 바로 스크루지 영감이라고 말이다. 우리도 모두 스크루지 영감처럼 살아갈 수 있기를! 더불어 어린 팀이 외쳤던 것처럼, 우리 모두에게 하나님의 축복이 가득하기를!